낭송

충청남도의 옛이야기

이 책은 한국학중앙연구원(www.aks.ac.kr)이 설화, 민요, 무가 등의 구비문학 자료를 수집정리하여 출간한 '한국구비문학대계' 85권 가운데 『한국구비문학대계 4-1 충청남도 당진군편』, 『한국구비문학대계 4-2 충청남도 내덕군편』, 『한국구비문학대계 4-4 충청남도 보령군편』, 『한국구비문학대계 4-5 충청남도 부여군편』, 『한국구비문학대계 4-6 충청남도 공주군편』에서 풀어 읽은이가 선별하여 내용을 추리고 낭송에 적합하도록 윤문한 것으로, 한국학중앙연구원의 저작물 이용 허락을 받았습니다.

낭송Q시리즈 민담·설화편 낭송 충청남도의 옛이야기

발행일 초판1쇄 2018년 1월 17일(丁酉年 癸丑月 己酉日) | **풀어 읽은이** 박은영 |
펴낸곳 북드라망 | **펴낸이** 김현경 | **주소** 서울시 종로구 사직로8길 24 1221호(내수동, 경희궁의아침 2단지) |
전화 02-739-9918 | **이메일** bookdramang@gmail.com

ISBN 979-11-86851-69-2 04810 979-11-86851-49-4(세트) | 이 도서의 국립중앙도서관 출판시도서목록(CIP)은 서지정보유통지원시스템 홈페이지(http://seoji.nl.go.kr)와 국가자료공동목록시스템(http://www.nl.go.kr/kolisnet)에서 이용하실 수 있습니다.(CIP제어번호: CIP2017034799)

책으로 여는 지혜의 인드라망, 북드라망 **www.bookdramang.com**

낭송
Q
시리즈

민담 · 설화편

05

낭송
충청남도의 옛이야기

박은영
풀어
읽음

티

▶낭송Q시리즈 민담·설화편 『낭송 충청남도의 옛이야기』 사용설명서◀

1. '낭송Q'시리즈의 '낭송Q'는 '낭송의 달인 호모 큐라스'의 약자입니다. '큐라스'(curas)는 '케어'(care)의 어원인 라틴어로 배려, 보살핌, 관리, 집필, 치유 등의 뜻이 있습니다. '호모 큐라스'는 고전평론가 고미숙이 만든 조어로, 자기배려를 하는 사람, 즉 자신의 욕망과 호흡의 불균형을 조절하는 능력을 지닌 사람을 뜻하며, 낭송의 달인이 호모 큐라스인 까닭은 고전을 낭송함으로써 내 몸과 우주가 감응하게 하는 것이야말로 최고의 양생법이자, 자기배려이기 때문입니다(낭송의 인문학적 배경에 대해 더 궁금하신 분들은 고미숙의 『낭송의 달인 호모 큐라스』를 참고해 주십시오).

2. 낭송Q시리즈는 '낭송'을 위한 책입니다. 따라서 이 책은 꼭 소리 내어 읽어 주시고, 나아가 짧은 구절이라도 암송해 보실 때 더욱 빛을 발합니다. 머리와 입이 하나가 되어 책이 없어도 내 몸 안에서 소리가 흘러나오는 것, 그것이 바로 낭송입니다. 이를 위해 낭송Q시리즈의 책들은 모두 수십 개의 짧은 장들로 이루어져 있습니다. 암송에 도전해 볼 수 있는 분량들로 나누어 각 고전의 맛을 머리로, 몸으로 느낄 수 있도록 각 책의 '풀어 읽은이'들이 고심했습니다.

3. 최고의 양생법이자 새로운 독서법으로서의 '낭송'을 처음 세상에 알린 **낭송Q시리즈의 시즌 1**은 **동청룡·남주작·서백호·북현무편**으로 이루어져 있으며, 사계절의 기운을 담고 있는 것을 특징으로 합니다. 동청룡편에는 봄의 창조적 기운, 남주작편에는 여름의 발산력과 화려함, 서백호편에는 가을의 결단력, 북현무편에는 지혜와 상상력을 키울 수 있는 고요함을 품은 고전들이 속해 있습니다. 각 편 서두에는 판소리계 소설을, 마무리에는 네 편으로 나눈 『동의보감』을 하나씩 넣었고, 그 사이에 유교와 불교의 경전, 동아시아 최고의 명문장들을 배열했습니다.

▷ <u>동청룡</u>: 『낭송 춘향전』, 『낭송 논어/맹자』, 『낭송 아함경』, 『낭송 열자』, 『낭송 열하일기』, 『낭송 전습록』, 『낭송 동의보감 내경편』

▷ <u>남주작</u> : 『낭송 변강쇠가/적벽가』, 『낭송 금강경 외』, 『낭송 삼국지』, 『낭송 장자』, 『낭송 주자어류』, 『낭송 홍루몽』, 『낭송 동의보감 외형편』

▷ 서백호 : 『낭송 흥보전』, 『낭송 서유기』, 『낭송 선어록』, 『낭송 손자병법/오자병법』, 『낭송 이옥』, 『낭송 한비자』, 『낭송 동의보감 잡병편 (1)』

▷ 북현무 : 『낭송 토끼전/심청전』, 『낭송 도덕경/계사전』, 『낭송 대승기신론』, 『낭송 동의수세보원』, 『낭송 사기열전』, 『낭송 18세기 소품문』, 『낭송 동의보감 잡병편 (2)』

4. **낭송Q시리즈 시즌 2**는 고전과 몸 그리고 일상이 조화를 이루는 훈련으로서의 낭송에 초점을 맞추었습니다. **샛별편**에는 전통시대의 초학자들이 제일 먼저 배우며 가장 오래도록 몸과 마음에 새겨놓은 고전을 담았고, 원문으로 읽는 **디딤돌편**은 몸으로 원문의 리듬을 익혀 동양 고전과 자유자재로 접속할 수 있는 힘을 키울 수 있도록 했습니다. 또 **조선왕조실록편**은 역사 속 인물과 당대의 일상을 생생하게 느낄 수 있도록 실록에서 기사들을 가려 모았습니다.

▷ 샛별편: 『낭송 천자문/추구』, 『낭송 명심보감』, 『낭송 격몽요결』

▷ 원문으로 읽는 디딤돌편: 『낭송 대학/중용』

▷ 조선왕조실록편: 『낭송 태조실록』, 『낭송 태종실록』, 『낭송 세종실록』, 『낭송 성종실록』

5. **민담·설화편**은 낭송Q시리즈 시즌 2의 연장으로, 입에서 입으로 전해지는 낭송의 진수를 보여 주는 **우리나라 각 지역의 옛날이야기들을 모았습니다**. 낭송을 통해 잊혀져 가는 우리의 옛이야기를 모든 세대가 공유했으면 하는 소망과 서로 옛이야기를 들려주고, 호응하며 자연스레 소통의 방법을 터득했으면 하는 바람을 민담·설화편에 담았습니다. 또한 맛깔나고 정감 있는 각 지역의 사투리를 살려 낭송의 맛을 더했습니다. 경기도와 경상남북도, 제주도, 충청남북도의 옛이야기들에 이어 강원도와 전라도, 서울 지역의 옛이야기들이 다음 순서를 기다리고 있습니다.

6. 낭송Q시리즈 민담·설화편 『낭송 충청남도의 옛이야기』는 『한국구비문학대계』 충청남도 당진군, 대덕군, 보령군, 부여군, 공주군 편을 대본으로 하여 풀어 읽은이가 그 편제를 새롭게 해서 각색하고 엮은 것입니다. 단, 각 이야기의 출처 지역은 행정구역의 변동 등으로 분명치 않은 곳이 있어 『한국구비문학대계』에 표기된 지역을 그대로 따랐습니다.

차례

낭송
충청남도의 옛이야기

3부

4부

5부

6부

낭송
충청남도의
옛이야기

머리말

옛이야기는 흐른다

1. 옛이야기와의 만남

2016년 초 지역별로 옛이야기를 모아 낭송집으로 내는 작업을 같이하지 않겠냐는 제안을 받았다. 책을 내는 일이라 부담스러웠지만 내심 믿는 구석은 좀 있었다. 아이 셋을 키우면서 옛이야기와 그림책을 남들보다 심하게(?) 읽어 준 편이라(목소리가 쉿소리로 변했을 정도로^^) 나름 이야기라면 친숙했기 때문이다. 또한 초등학교 아이들에게 이야기 수업을 하는 강사로서 옛이야기를 전공처럼 여겼기 때문이다.

그런데 지역별로 어르신들의 구술담을 채록한 『한국구비문학대계』를 보면서 이야기 장르를 새롭게 인식하게 되었다. 나는 이야기를 들려줄 때, 아이들이 반드시 그 속에서 교훈을 얻기를 원했다. 이야기의 목적이 전적으로 교훈 전달에 있다는 확신을 알게 모르게 가지고 있었기 때문이다. 그러다 보니 이야기는 어린이용 장르라는 고정관념에서 벗어나지 못했다. 그런데 이번 작업을 하면서 이런 생각이 오해를 넘어 편견임을 알게 되었다.

옛이야기를 많이 알고 있다고 자부하고 있었는데, 막상 『한국구비문학대계』를 펼쳐 보니 한 번도 접하지 못한 이야기들이 많았다. 이렇게 재미있는 이야기들을 전에는 왜 보지 못했을까? 그 이유는 쉽게 짐작할 수 있었다. 아이들을 위해 정돈된 이야기, 곧 교훈적인 이야기만을 찾아 읽었기 때문이었다. 『한국구비문학대계』를 읽고, 한편으로는 녹취본을 소리로 듣다 보니, 날것 그대로의 이야기들이 다채롭게 전개되고 있었다. 19금 이야기뿐만 아니라 어른이 들어야 하는 이야기들이 다수를 차지하고 있었던 것이다. 이야기는 아이들만의 전유물이 아니었다. 어른들의 세계이기도 했다.

『한국구비문학대계』에 녹취된 어르신들의 이야기는 간혹 앞뒤가 맞지 않기도 하고 반복되는 표현들도 많았다. 정제되지 않아 투박한 데다 이야기의 완성도도 떨어져 보였다. 그렇지만 그런 것이 이야기의 결함처럼 보이지 않았다. 음성으로 전해지는 이야기는 구수했고 재미있었으며 입담은 살아 있었다. 만약 세련된 줄거리와 서사의 복잡한 구조를 원한다면 소설로 충분할 것이다. 분명 구성이 단순하고 전개가 논리적이진 않지만 소설에서는 충족되지 않는 독특한 맛이 옛이야기에 있었다. 소설을 읽으면서는 도저히 느낄 수 없는 말하기의 현장성이 이야기를 살아 숨 쉬게 하고, 이야기를 끊임없이 이어지게 하는 힘이 아닐까 싶었다.

이야기를 많이 대하고 또 말하다 보니 이야기의 재미가 줄거리에만 있는 것은 아니었다. 말하는 사람의 입담에 따라 다르게 구사되고 다른 뉘앙스로 되살아나는 이야기의 생성에 더 큰 재미가 있는 듯했다. 배우고 못 배우고, 어른이고 아이이고 간에 어떻게 이야기를 맛깔스럽고 찰지고 흥미롭게 전달하느냐가 이야기의 관건인 것이다. 새삼 깨달은바, 이야기는 세상 모든 이들이 주고받고 공명하는 '말하기'였던 것이다.

모두가 말하고 이해할 수 있는 옛이야기는 우리 모두의 마음을 비춰 준다. 우리에겐 선한 마음도 있지만, 약한 자를 골탕 먹이고, 남의 것에 욕심내는 마음도 있다. 옛이야기에는 욕심 부리다 망신당하는 이야기가 많다. 예를 들어, 위 논에서 물을 내려주지 않는 욕심쟁이 양반에게 거짓으로 저승에서 본 일을 들려주어 양반을 골리는 이야기, 거짓말 잘하는 사위에게 속은 구두쇠 장인 이야기 등이다. 구두쇠 장인은 부자이면서도 더 부자가 되고 싶어, 거짓말 시험을 보러 오는 예비 사윗감들에게도 돈을 받았다. 거짓말쟁이를 사위로 얻으려는 이유도 남을 속여 더 많은 것을 갖고 싶은 욕심 때문이다. 결국 장인은 욕심 때문에 사위에게 당하고 만다. 이야기를 들을 땐, 사위편이 되어 욕심쟁이 장인이 골탕 먹는 모습에 한바탕 웃게 된다. 하지만 그 웃음자락 끝에서 느껴지는 뜨끔함도 있다. 뭔가 욕심으로 일을 했을 때 잘되기보다는 오히려 당하게 되는 우리들 모습과 똑같이 닮아 있기 때문이다. 욕심이 없다면 속을 일도 없을 텐데 말이다.

이처럼 옛이야기는 인간의 욕심을 정확하게 드러내어 우리 자신을 비춰 준다. 웃으면서 읽지만 뭔가 마음에 새겨지는 것. 가

벼우면서도 결코 가볍지 않은 이야기들. 이것이 바로 옛이야기의 매력이 아닐까.

2. 충청남도의 정서가 담긴 이야기들

흔히들 충청도 사람을 보고 '충청도 양반'이라고 한다. 말과 행동이 점잖고 느림을 표현한 것이다. 말이 느리다는 것은 '이랬어유~', '저랬어유~'처럼 어미가 길게 늘어지기 때문이다. 하지만 그에 비해 어미를 짧게 줄여서 말하는 경우도 있다. 예를 들어, '할 거야 말 거야'는 '할 껴 말 껴', '어서 오십시오'는 '어여 와유', '괜찮습니다'는 '됐슈' 등으로 짧게 말한다. 그러니 충청도 말을 다 느리다고 할 수는 없을 것이다.

『한국구비문학대계』에 채록된 어르신들의 이야기를 들어보니 충청도의 사투리가 그대로 살아 있었다. 어미를 늘려서 말하는 것은 물론이고, 장소를 나타내는 조사인 '에' 대신 '이'를 쓰는 경우가 많았다. 예를 들어 '집에 가야지'는 '집이 가야지'로, '절에 가서 공부하고 오겄소'는 '절이 가서 공부하고 오겄소' 등이다. 마침 이번 낭송집의 컨셉이 사투리를 살리자는 것이었다. 그래서 설명 부분에서는 표준어로 하되 이야기의 맛을 살리기 위해 입말로 썼다. 충청도의 사투리는 대화 부분에서 대체로 살렸다.

충청남도 이야기의 또 다른 특징은 소금장수 이야기가 많다는 것이다. 예로부터 서해안 일대에서는 소금을 많이 생산했다. 그러다 보니 서해안을 끼고 있는 충남에 특히 소금장수 이야기가 많은 듯하다. 소금장수들은 소금 보따리를 지고 전국을 돌아다니며 팔았다. 그런데 그들이 실어 나른 것은 소금만이 아니었다. 이 마을 저 마을 소식과 재미난 이야기도 실어 날랐다. 한 소금장수는 무덤가에서 잠을 자다 귀신들이 하는 말을 듣고 마을에 전해 주어 복을 받기도 했다. 이렇듯 소금장수들은 생활에 꼭 필요한 소금을 전해 주었던 것처럼, 삶에 꼭 필요한 이야기도 전해 주는 전령사였다. 뿐만 아니라 자신들의 사연도 많았다. 전국을 돌아다니며 겪은 우여곡절은 또 얼마나 많았겠는가. 그래서 소금장수를 주인공으로 한 이야기가 많다.

『낭송 충청남도의 옛이야기』는 7부로 구성되었다.

1부는 지혜와 재치 이야기를 담았다. 대개 이야기 속 주인공은 힘도, 권세도, 돈도 없는 약자들이다. 이러한 약자들이 강자를 이기는 방법은 재치를 발휘하여 지혜롭게 문제를 해결하는 것이다. 물론 현실에서 이러기는 쉽지 않다. 하지만 옛사람들은 비록 이야기를 통해서라도 강자를 골탕 먹임으로써 속이 후련해지고 통쾌함을 느꼈을 것이다.

2부는 사연 많은 떠돌이 소금장수 이야기를 모았다. 장삿길을 다니다 보면 날이 저물어 무덤가에서 자기도 하고, 다 쓰러져 가는 빈 집에서 묵기도 했다. 그러다 우연히 도깨비 말을 듣고 복을 받는 경우도 있다. 물론 어찌 실제로 도깨비를 만날 수 있었겠는가. 소금장수의 고단한 삶 속에서 이런 일이 있었으면 좋겠다는 바람을 담은 이야기이지 않을까.

3부는 보은담報恩譚을 담았다. 이야기를 모으다 보니 사람과 사람 사이뿐 아니라, 동물과 사람 사이의 보은도 많았다. 왜 그들은 보은을 중요하게 여겼을까? 옛날에는 가진 것이 넉넉지 않았고, 한정된 영역에서 살아가야만 했다. 한마디로 공동체 의식이 필요했던 것이다. 그러니 서로 돕지 않으면 큰일을 치르기 힘들었다. 요즘엔 돈으로 해결하지만, 옛날엔 관계로 해결했던 것이다. 옛사람들은 이러한 이야기를 통해 사람과 동물, 세상 모든 것을 공동운명체로 생각했다는 것을 알 수 있다.

4부는 효에 대한 이야기를 다루었다. 효 이야기는 전국적으로도 많지만 충남 지역에도 역시 많았다. 부모를 위하는 마음이 중요한 건 어디서나 마찬가지인가 보다. 하지만 효도를 하는 방법은 다양했다. 시를 지어 횡령한 아버지를 구한 아들, 앞 못 보는 시어머니를 돌보는 과부며느리 등등. 반면 못된 며느리를 효부孝婦로 만들거나, 못된 아들을 효자로 만드는 경우도 있다. 이처럼 다양한 효 이야기를 들으면서 어떠한 것이 진정한 효인가를 생각해 보게 된다.

5부에는 웃기는 이야기를 모았다. 그 중에는 바보 사위 이야기가 많다. 예를 들어보자. 한 바보 사위가 처갓집에 가게 되자 부모님은 걱정이 되었다. 어른한테 인사할 땐 바로 앞에 가서 절을 하라고 단단히 일렀다. 처갓집에 도착한 바보 사위는 지붕을 이고 있는 장인어른에게 절을 하려고 지붕까지 올라갔다. 또 장모님이 뒷간에 계신다고 하니 그곳까지 갔다. 장인과 장모가 얼마나 민망했겠는가. 또 어떤 바보 사위는 처갓집에서 맛있는 꿀떡을 먹고는 집에 와서 만들어 달라고 하려고 '꿀떡, 꿀떡'을 계속 외우면서 왔다. 하지만 오는 길에 도랑을 건너다 그만 '꿀떡'을 잊어버리고 말았다. 바보 사위는 잊어버린 것을 찾겠다며 도랑의 물을 퍼내기 시작했다. 상황은 보지 않고 시키는 대로만 하는 사위, 잊어버린 것과 잃어버린 것을 구분할 줄 모르는 사위 등등. 한편 어처구니없고 한편 우스운 이야기들을 모아 놓았다.

6부에는 명당과 관련된 이야기를 모았다. 충남엔 명지관 박상의에 대한 이야기가 많았다. 박상의는 선조와 광해군 때 지관으로 이름을 날린 사람이다. 그에게 좋은 묏자리를 부탁하려고 몇 년 동안 귀한 쌀을 벽에 걸어 놓고 기다린 사람이 있을 정도다. 하지만 명지관이라고 해서 항상 좋은 자리만을 잡아 준 것은 아니었다. 명당이라고 잡아 주었는데 더욱 살기 어렵게 만드는

실수도 하고, 자신의 묏자리로 잡아 놓은 곳을 빼앗기기도 했다. 그 밖에도 여러 가지 명당 이야기를 담았다.

7부는 삶 속에 같이 있는 도깨비와 동물 이야기를 실었다. 옛이야기 속에는 도깨비나 귀신을 통해 복을 받은 경우가 많다. 나도 한 번쯤 도깨비를 만났으면 하는 생각을 할 정도다. 하지만 도깨비를 만났다고 해서 모두 복을 받는 것은 아니다. 도깨비에게 복을 받는 사람들은 일단 주변의 소리를 잘 듣는다. 늘 깨어 있어야 가능한 일이다. 그러려면 지나친 욕심이 없어야 한다. 하여 도깨비의 말을 듣고 복을 받은 사람은 욕심이 없다. 반대로 욕심을 가지고 도깨비에게 접근한 사람은 항상 벌을 받는다.

또한, 동물 유래담도 많다. 메추라기 꼬리가 짧은 이유, 방아깨비 이마가 벗겨진 이유 등등 동물의 생김새와 특징이 잘 드러난 이야기들이다. 그런데 그 속에서 펼쳐지는 사건을 보면 동물이나 사람이나 별반 다르지 않다. 욕심으로 인해 화를 당하기도 하고, 주변을 주의 깊게 보지 않고 허둥대다 일을 망치는 경우도 있다. 동물들에 빗대어 사람들의 어리석음을 말해 주고 있다.

3. 옛이야기는 흘러야 한다

'이야기 주머니'란 옛이야기가 있다. 이야기를 좋아하는 어떤 도령은 이야기가 있는 곳이면 어디든지 쫓아다녔다. 하지만 이 도령은 들은 이야기를 남에게 전해 주지 않고 글로 적어 주머니 안에 꽁꽁 숨겨 놓았다. 옛 어른들은 이야기를 듣고 남에게 들려주지 않으면 이야기가 굶어 죽는다고 했다. 이야기들이 갇혀 있으니 얼마나 배고프고 갑갑했겠는가. 어느 날 오래 묵은 이야기들이 귀신으로 변해, 도령이 장가가는 날 혼내주려고 작당을 했다. 그런데 그 집 머슴이 우연히 그 소리를 듣고 장가가는 도령을 따라갔다. 머슴은 재치 있게 위험에 빠진 도령을 구해 주었다. 혼례가 끝난 뒤 자초지종을 들은 도령은 머슴에게 고마워하며, 주머니 속의 이야기들을 풀어주었다. 말해지지 않고 고정되면 이야기는 시들어 버린다. 신기하게도 사람들의 입에 올라야 이야기는 살아난다. 같은 이야기도 말하는 사람에 따라 다르게 다가오지 않는가. 결국 이야기의 생명력은 말하기이다.

나도 이 작업을 하면서 이야기에는 흘러가는 힘이 있다는 것을 느꼈다. 나는 공동체 사람들과 지낼 때 업무와 관련된 말만 하고 사적인 이야기는 거의 하지 않았다. 그러다 보니 일은 잘하지만 경직되고 드라이하다는 소리를 들었다. 하지만 이 책 작업을 하면서 새롭고 재미있는 이야기를 알게 되면 다른 이에게 들려주고 싶어 입이 달싹거렸다. 사람들을 만나면 이야기가 절로 나왔다. 듣는 이도 재미있다며 맞장구쳐 주었다. 이렇게 한바탕

이야기를 풀어놓고 나면 마음과 함께 몸도 편안해졌다. 사람들과의 관계도 좋아졌다.

이처럼 옛이야기는 시간과 공간을 연결하는 매개체가 된다. 할머니 할아버지가 손자 손녀에게 이야기를 들려주는 것, 소금 장수가 이 마을에서 저 마을로 이야기를 전달해 주는 것이 그렇다. 이 과정에서 보태고 덜어내고 하면서 이야기는 점점 퍼져 나간다. 『낭송 충청남도의 옛이야기』에는 이처럼 흘러야만 생명력을 갖는 이야기들이 담겨 있다. 신기하게도 옛이야기는 한 번만 들어도 바로 이해할 수 있고 그래서 전달하기도 쉽다. 이야기가 우리의 삶을 고스란히 담고 있기 때문이다. 이렇게 우리에게 체화된 이야기이기 때문에 외우기도 쉽다. 이것이 옛이야기의 장점이다.

이제 『낭송 충청남도의 옛이야기』 주머니 끈을 풀어 놓을 때다. 이야기들을 하나씩 하나씩 꺼내 다른 사람들과 함께 낭송을 할 때 혹은 주변 사람들에게 들려줄 때 이야기들은 활발하게 흘러나갈 것이다. 사람들의 입에서 입으로 전달되는 에너지가 이야기의 밥이 될 것이다. 이야기를 하는 것이 곧 이야기를 살리는 것이다. 이 책의 이야기들이 살아 있는 이야기로 계속 흘러가기를 바란다.

1부

지혜는 힘이 세다

1-1. 양반의 못된 심보를 꺾은 상놈

어느 마을에 양반은 위 논에, 상놈은 아래 논에서 농사를 지으며 살았어. 그런데 이 양반 마음씨가 참 고약해. 봄철 모내기를 해야 하는데 제 논에는 물이 찰랑거려도 아래 논으로 물을 내려 보내주지 않는 거야. 위 논에서 물꼬를 터주지 않으니 아래 논에서 모를 심을 수 있나. 농사에는 다 때가 있는 법인데 상놈은 애가 탈 수밖에.

하루는 양반이 논을 한 바퀴 둘러보고 가자마자 상놈이 위 논의 물꼬를 터서 후다닥 모를 심었지. 모는 심었지만 양반에게 들을 역정을 생각하니 걱정이 이만저만이 아니었어. 그래서 아들에게 말했어.

"야야, 양반이 인제 날 죽일라구 쫓아올 게다. 그러니깨 너는 멍석 피구서 상제 노릇을 해라. 나는 방에 가서 홑이불 쓰구 누웠을 텡깨."

양반이 와서 보니 자기 논의 물을 쏙 빼다 아래 논에 모를 심었거든! 너무나 괘씸해서 상놈 집으로 쫓아갔어. 그런데 상놈의 아들이 멍석을 펴 놓고 상제 노릇을 하고 있는 거야.

"그눔 죽을라구 환장했던개비구먼. 그랬응께 넘남의 논 물 빼다가서 모심었지. 그렇잖으면 그럴 리가 읎어. 그래, 니 아부지는 언제 죽었냐?"

"엊저녁이 갑자기 병이 나서 돌아가셨어유."

"이눔 환장해서 죽은 눔, 헐 수 있나?"

양반이 집으로 돌아가자 상놈은 부스스 일어났어.

"얘야, 양반 가셨니?"

"예, 가셨어유."

"그럼 인제 됐다."

그러고 한 이틀 지나 또 논에 갔어. 마침 논을 둘러보고 있던 양반과 딱 마주쳤지.

"얼래? 너 죽었다더니 어째 살아서 돌아댕기냐?"

"예, 저승이저승에 갔다 왔이요."

"그럼, 저승이 갔다 온 얘기나 좀 해봐라."

"저승하구 이 세상허구는 다르대유."

"뭐이가 달라?"

"나으리 어머님과 우리 아버지랑 같은 무렵에 돌아가시지 않왔이유?"

"그랬지!"

"저승이서 나으리 어머님허구 지 아부지허구 같이 사는디 여간 금슬이 좋지 않아유."

양반이 눈만 끔뻑거렸지.

"그래 따지면 나으리허구 저허구는 형제간이 됩니다요."

상놈이 이렇게 말하니 양반이 냅다 소리를 질렀어.

"야 이눔아, 시끄럽다."

양반은 집으로 돌아가 버렸지. 그 다음부터 양반은 논에 나와 보지도 않더래. 길을 가다가도 상놈을 보면 슬슬 피해 다녔지. 그 다음부터 상놈은 마음 놓고 농사를 지을 수 있었대. _ 부여군 구룡면

1-2. 말겨루기에서 이긴 이방 딸의 지혜

옛날 어느 고을에 원님이 새로 부임했지. 고을 소식을 듣다 보니 이방의 딸이 아주 빼어나게 예쁘다고 하는 거야. 원님은 데려다 살고 싶은 욕심이 생겼지. 하루는 이방을 불러 말했어.

"네 들었거라. 나하구 말절음말겨루기을 해서 네가 지면 네 딸을 내게 바치구, 내가 지면…."

이방은 어쩔 수 없었지. 원님의 말씀이니 싫다고 할 수도 없고, 따를 수밖에.

원님이 첫번째 문제를 냈어.

"저 달이 하루 즈녁저녁을 가면은 멫 리를 가노?"

이방이 곰곰이 생각해 봐도 달이 하룻밤에 몇 리를 가는지 알 수가 있나. 집에 가서 머리 싸매고 끙끙 앓아 누워 있으니 딸이 물었어.

"아버님, 뭣 때미 그러시요?"

"사실 이만저만해서 말절음을 허자구 이래서, 낼 아침이면은 너를 바치라구 허는데 이거 큰일 났구나."

"걱정 마시요. 아버님은 진지 잡숫구, 아버님 대신 지가 댑변을 할 테니 그런 줄 아시요."

다음 날 아침, 딸 혼자 원님을 찾아갔어.

"그래, 니 애비는 안 오구 어째 니가 왔느냐?"

"예, 저희 아부지는 그저 몸이 불편해서 못 나왔습니다."

"그래? 그럼 니가 문제를 풀어 보거라. 저 달이 하루 즈녁 가면 멫 리를 가노?"

"구십 리를 가옵니다."

"우째 구십 리를 가나?"

"하루는 지가 하루 즈녁 밤새 걸어서 가니깨 달허구 똑같이 들어갑디다. 지가 그날 밤 걸은 것이 구십 리이니 달도 하루 즈녁에 그만큼을 간 것이지요."

"어허…."

이렇게 해서 원님은 지고 딸은 집으로 돌아왔지.

며칠 후 원님이 또다시 이방을 불렀어.

"이 집 앞의 감이 열먼 멫 개나 열리노?"

하고 물으니, 이방이 알 수가 있나. 다음 날 또 딸이 원님을 찾아갔지.

"구백구십 개가 열립니다."

"우찌 구백구십 개가 열리는 것을 아노?"

"작년에 감이 가지마다 하나두 빠짐없이 열렸는디 전부 따가지구 세 보니깨 구백구십 개가 되었습니다."

이번에도 원님이 또 졌지. 약이 오른 원님은 이번엔 더 어려운 내기를 했어. 이방에게 동지섣달 한겨울에 멍석딸기를 따오라는 거야. 기가 막힌 이방은 또 하릴없이 집으로 돌아왔지. 다음 날 딸은 또 원님을 찾아갔어.

"워째 오늘 또 니가 왔느냐?"

"저희 아부지는 멍석딸기 따러 가서 배암[뱀]에 물렸습니다."

"무, 이! 동지슫달에 무슨 배암여?"

"그럼, 이 동지슫달에 멍석딸기가 워딨습니까?"

원님이 또 졌지. 원님은 어떻게 해서든 기어이 딸을 빼앗아야겠는데 무슨 방법이 없거든. 의자에 앉아 있던 원님이 엉거주춤 서며 말했지.

"내가 지금 앉겠느냐? 서겠느냐?"

하고 물으니 그 딸이 대답했어.

"소녀가 지금 울겄습니까? 웃겄습니까?"

원님은 더 이상 할 말이 없더래. 그래 다시는 원님이 이방의 딸을 욕심내지 못했대. _ 보령군 오천면

1-3. 장기망태기로 벼슬 얻은 시골 선비

장기망태기를 얻은 시골 선비

충청도의 한 선비가 벼슬을 구하려고 한양에 있는 한 대감을 찾아갔어. 이 선비는 시골의 논밭을 많이 팔아서, 그 돈을 대감에게 갖다 바쳤지. 그런데 이 대감은 돈만 생기면 홀랑 써 버리는 사람이야. 선비는 하릴없이 대감의 사랑채에서 일 년, 이 년 세월만 보내고 벼슬 한자리 얻지 못했지. 결국 집에서 논밭 다 팔아 올리고, 못 살게 되었으니 내려오라는 기별이 왔어. 선비가 시골로 내려간다고 하니 대감은 겨우 여비만 챙겨주었지. 선비가 집에 돌아오는 길에 주막에 들러 하룻밤을 자게 되었어. 그때 한 스님과 같은 방에서 묵게 되었지. 잠을 자려 누웠는데 스님이 물었어.

"자네 장기 둘 줄 아나?"

"둘 줄은 압니다."

"장기는 꼭 내기를 둬야지, 내기 아니면 장기 두겠는가?"

"무슨 내기를 하꺼라우?"

"만일 내가 이기면 이 장기망태기를 자네가 쓰구, 내가 지면 여비 있는 걸 다 털어서 자넬 주기로 하지."

그렇게 하기로 하고 장기를 뒀는데 선비가 졌어.

스님이 말했어.

"졌으니깨 장기망태기를 쓰야지."

장기망태기를 선비에게 폭 씌웠더니 소가 돼 버렸어! 소가 되어서 뭐라고 말을 하면 "움매" 하는 소리밖에 안 나. 스님이 말했지.

"낼이 아무디 장이니깨 끌어다 팔으야지."

소를 팔면서 스님이 새 주인에게 말했어.

"배차배추밭일랑 매지 마소. 큰일 나니깨."

이 소가 말만 하면 "움매" 소리를 해도 듣기는 다 들었지. 소가 된 선비는 생각했어.

'그래! 배차를 뜯어 먹으면 무슨 수가 있는 모양이구나.'

새 주인집에 가는 길에 잠깐 쉬는데 근처에 배추밭이 있었지. 소가 배추를 먹으려고 하는데 혓바닥이 배추에 닿을락 말락 해. 간신히 끌어서 배추를 뜯어 먹으니 멀쩡하게 사람이 된 거야.

"옳다. 인저 됐다."

선비는 장기망태기를 꽁무니에 차고 도망쳤지.

도망가다 잠깐 쉬면서 생각하니 이 장기망태기로 대감한테 원수를 갚으면 좋겠다 싶었지. 그래 다시 대감집에 가니 대감이 쿨쿨 자고 있는 거야. '옳지 됐다' 하고 장기망태기를 대감의 머리에 푹 씌웠지. 대감은 소가 되었어. 대감집에선 난리가 났지. 훌륭하다는 의원 다 불러 좋다는 약을 먹여 보아도 아무런 차도가 없었어. 하도 답답하니 자식들이 그 선비에게 물었지.

"혹시 저런 데, 뭐 낫는다는 약 못 들었는가?"

"그전이 우리 선친께서 의약을 했는디, 들은 것두 같은디 좀 찾아봐야겄네유."

"그래? 그러면 하루 빨리 그 의서를 찾아서, 약을 좀 구해 오게."

대감집에서 여비를 후하게 줬지. 선비는 그걸 가지고 집에 와서 양식 팔아먹고 실컷 쓰고 지냈어. 돈이 떨어질 때쯤 되어 배추를 말려서 가루를 조금 만들었지. 그것을 들고 대감집을 찾아갔어.

대감 아들이 말했지.

"약은 구해 왔는가?"

"구하긴 했는디 힘들어서 쬐에꼼빽이조금밖에 못 구했시유."

아들은 아버지에게 얼른 먹여 보았어. 그랬더니 소 발목이 손이 되었어. 대감 집안에선 손이 나왔다고 난리가 났어.

"그래, 그 약을 어디서 구했느냐?"

"저어 강원도 산골 구석, 어렵구 어련디서 구했시유. 사람을 사가지구 구했어두 이것빽이 못 구했네유."

"그럼, 여비를 후하게 줄 테니, 가서 또 구해 오너라."

선비는 그 돈을 가지고 집에 와서 논도 사고 밭도 사고 한참 있다 배추가루를 또 조금 만들어서 대감집에 갔지. 그 약을 먹은 대감은 반은 사람으로 돌아왔어!

선비는 걱정된다는 듯 말했어.

"아, 이거 무슨 수를 해서라두 약을 더 잡숴야 하는디, 구할래두 못 구하겄구 이거 큰일 났네유."

그러니 대감 아들이 말했지.

"사람 백 명도 좋고 이백 명도 좋으니, 돈일랑 염려 말고 구하는 대로 좀 구해 보시오."

대감집에서 돈을 또 한 보따리 주었어. 그 돈을 짊어지고 집에 와서 땅 사놓고 실컷 놀았지. 이제 선비가 갖다 바친 논밭을 거의 찾았어. 또 배추가루를 어지간히 만들어 갔지. 대감집에 가서 조금씩 조금씩 먹이니 거의 사람 모습이 되었어.

선비가 말했어.

"의서에 이 털 다 벗을 적에는 아무두 읎으야 한다구 써 있더라구유."

선비가 아무도 없는 밤에 그 약을 다 먹이니, 장기망태기가 훌렁 벗겨졌지. 선비는 그 망태기를 얼른 갖다 버렸어. 대감이 말했어.

"하아, 인제는, 참, 자네 덕분에 살았네. 내 전심온 마음을 다해서 어디 한자리 알아봐 주겠네."

그제야 시골 선비는 벼슬 한자리 했다지._공주군 반포면

1-4 뀌로 아버지를 찾다

옛날에 아주 벼슬이 높은 집 아들이 장가를 갔어. 신랑도 양반이고 새댁도 양반이었지. 그런데 새댁이 첫날밤에 그만 방귀를 못 참고 '뽕' 뀌었다고 소박을 맞았지 뭐야. 별 수 없이 새댁은 친정에 가서 살게 되었지.

그래도 어떻게 첫날밤에 일은 치렀는지 어린애가 생겼어. 열 달을 채워서 낳고 보니 아들이야. 아이가 서당에 다닐 만큼 컸는데 아주 똘똘했어. 하지만 서당에 가면 애비 없는 호래자식이라고 다들 놀려댔어. 놀림을 당해 분한 아이는 어머니에게 물었지.

"모두들 나를 애비 없는 호래자식이라고 하니, 나는 어찌하여 아버지가 읎습니까?"

"그런 게 아니다. 실은 내가 시집온 첫날밤에 방귀를 뀌어서 니 아부지한테 소박을 맞은 기다."

아이는 아버지에 대해 물었어. 어머니는 전부 다 말해 주었지.

그러던 어느 날 아이는 아버지가 자기 고을 원님으로 부임해 왔다는 소식을 들었어. 아이는 원님이 사는 관아 근처로 가서 소리쳤지.

"오이씨 사슈, 오이씨. 저녁에 심었다가 아침에 따 먹는 오이씨 사슈."

고을 원님이 가만히 들어보니 말이 안 되거든. 저녁에 심었다 아침에 따 먹는 오이씨가 세상에 어디 있겠어. 그래 그 아이를 불러 물었지.

"얘야. 너 좀 이리 오너라. 그래 정말 저녁에 심으면 아침에 따 먹는 오이씨냐?"

"네. 저녁에 심으면 아침에 꼭 따 먹습니다. 그런디 이 오이씨는 아무나 심으면 안 됩니다. 방귀 안 뀌는 이가 심으야 아침에 따 먹을 수 있습니다."

"에이 미친놈아! 세상에 방귀 안 뀌는 사람이 어디 있느냐?"

"그래 원님은, 우리 어머니가 방귀 뀠다고 소박을 놔서 이제까장 몇 십 년 청춘을 홀로 있게 하십니까?"

이렇게 해서 아이는 아버지를 찾았대. _대덕군 신탄진읍

1-5. 꾀돌이 이완 대장의 어린 시절

옛날 한양 대감이 아들이 없어 양자를 얻으려고 시골로 내려갔어. 온 일가붙이 아이들을 모두 불러 모았지. 아이들을 시험해 보려 한 거야.

"너희들 무슨 장난을 좋아하느냐? 어디 한번 재미있게 놀아 보거라."

아이들은 마당에서 팽이 비슷한 공을 막대기로 치면서 놀았어. 한참을 놀다 보니 그 공이 대감의 무릎 밑으로 들어갔어. 다른 아이들은 모두 쳐다만 보고 감히 공을 꺼낼 생각을 못하는데, 한 아이가 쫓아와서 무릎 밑으로 기어 들어가 공을 가지고 나오는 거야. 또다시 놀이가 시작되었지. 한양 대감이 말했어.

"얘를 내가 데려가겠다."

그 아이가 바로 이완 대장이야. 동네에서 제일 가난한 집 아이였지. 대감은 그 아이를 양자로 삼았어. 그런데 이 아이는 아무리 가르쳐도 '하늘 천天, 땅 지地'도 모르는 거야.

"아이고, 할 수 없다. 하늘 천, 땅 지를 며칠을 가르쳐도 모르니 어떻게 한단 말이냐. 도루 데려다 줘라."

하인이 데려다 주며 말했어.

"아이구 도련님. 그 하늘 천, 땅 지를 메칠을 배워두 그걸 모르구설람 다시 시골루 내려가신단 말이요?"

"하늘 천, 땅 지를 내가 왜 모른단 말이냐. 내 언 호乎, 이끼 야也까지 다 안다. 대감네 집을 둘러보니깨 서고에 책이 수백 권이나 쌓였더라. 나보구 그걸 다 읽으라구 할 텐데, 어느 세월에 다 읽는단 말이냐?"

아이를 데려다 주고 온 하인에게 대감이 물었어.

"내려가면서 그 도령이 아무 말도 안 하더냐?"

"웬걸요. 하도 답답해서 지가 물어봤습죠. 어찌 하늘 천 땅 지자를 몰라 다시 시골로 내려가냐고요. 그러자 도령은 언 호 이끼 야까지 다 알지만 서고의 수백 권의 책을 다 읽으라 할까봐 글을 모르는 척 했다네요."

그래서 한양 대감은 아이를 다시 데려왔어. 아이는 글 배우기보다 장난치기를 좋아했지.

하루는 대감이 이 아이의 장난기를 잡기 위해 꾀를 내었어.

"내가 나흘 후에 돌아올 테니 이 깨 한 되가 몇 알이나 되는지

세어 놓아라."

그러고 대감은 외출했지. 하인들이 보니 도령은 하루 종일 놀기만 하고 깨를 셀 생각은 하지 않는 거야.

"대감님 오실 때가 다 됐는디 왜 깨두 안 시구세고 그러셔요?"

"오실 때 됐니? 느덜 모두 일루덜 올라오너라."

도령은 약형藥衡저울을 가져오라고 했어. 깨를 조금 저울에 달아 하인들에게 주면서 세라고 했지. 그러고는 그만큼씩 저울에 올려 놓고 무게를 달았어.

대감이 와서 물었어.

"깨는 다 셌느냐?"

"예, 다 셨어요."

"몇 개나 되더냐?"

"몇 갭니다."

대감은 도련님을 보내놓고 하인들을 불러 물었어.

"깨를 어떻게 세더냐? 정말 세더냐 아니면 말로만 그러는 것이냐?"

"아니요. 저녁때 대감님 오실 시간이 되니깨 약형저울을 갖고 오라구 하더니 쪼고만큼 떠 놓고 즈희보고 시라구 했어요. 그래 즈희가 시니깨 그걸 계計를 이렇게 적고 하면서 자꾸 그걸루만 떠 냅디다. 그러고 몇 개라고 하구서는 나가서 놀더이다."

대감은 웃으면서 말했어.

“과연 우리 집 아들로 삼을 만하구나. 허허허.” _ 공주군 반포면

1-6. 어미 말과 새끼 말을 구분하기

옛날 중국에서 조선에 인재가 있나 없나 알아보려고 조선 임금에게 말 두 마리를 보냈어.

"이 말 중에 어떤 놈이 새끼이고 어떤 놈이 어미인가 골라 보아라."

이리저리 살펴보아도 두 마리 말이 똑같이 생겼거든.

조선에 현명하기로 이름난 원정승이 있었지. 아침 조회시간에 임금이 말했어.

"원정승은 어떤 놈이 어미인가 골라내 보시오."

원정승은 말 두 마리를 끌고 집으로 돌아왔어. 하지만 아무리 봐도 알아낼 도리가 없단 말이지. 머리를 싸매고 앓아 누워 있는데 어린 아들이 물었어.

"아버지 왜 그러셔유?"

"아이구, 이 두 말 중에 에미와 자식을 골라야 하는데 어떤 게 새끼구, 어떤 게 에미인지 도통 모르겄다."

"아이구, 아버지. 걱정 말구 진지 잡숫구 기셔유. 지가 골라 디릴게유."

"니가 골러?"

"예에, 걱정 말구 진지 잡수세유."

다음 날 아침, 아들은 콩을 잔뜩 삶아 소여물을 만들었어. 여물을 구유에 부어 주니 말 두 마리가 잘 먹었지. 그런데 가만히 보니 한 마리가 주둥이로 콩을 자꾸 옆으로 밀어 주는 거야. 자기는 짚만 먹고 콩은 옆으로 밀어 주는 거지.

아들이 아버지를 불러 말했어.

"아버지, 이거 보셔유. 요게 새끼구, 요게 에미예유."

"음? 어째서 이게 에미냐?"

"에미가 새끼에게 자꾸 콩을 골라서 주잖아유. 새끼 귀한 줄 알고 주지 않습니까. 그러니 콩을 밀어 주는 쪽은 에미고, 받아 먹는 쪽은 새끼지유."

이튿날 새끼와 어미를 표시해서 중국으로 보냈어. 중국에서 말 두 마리를 받아 보고 말했대.

"하하하. 역시 조선에도 인재가 있구나."_ 보령군 오천면

1-7. '참을 인' 자로 살인을 면하다

칠복이는 어머니와 단 둘이 가난하게 살았어. 어느 날 공부를 해야겠다는 마음을 먹고 남의 집 머슴으로 들어갔지. 1년치 머슴살이로 받은 새경이 쌀 한 섬이야. 그 쌀을 모두 서당 훈장께 드리고 천자문을 배웠어. 그런데 어찌나 돌머리인지 영 배우지를 못해. 훈장님이 말했지.

"다 집어치우고, 너는 마음 심 변에, 칼 도가 들어간 참을 인忍 자 하나만 배우거라."

하지만 칠복이는 3년 동안 '참을 인' 자 하나도 다 배우지 못했어. 그러는 사이에 아내가 생겼지. 그 아내가 참 효부야. 아내가 열심히 일해서 어머니를 모시고 살았지. 칠복이가 머슴 산 새경은 다 서당에 갖다 내니 집에는 먹을 것이 없을 수밖에. 어느 날 칠복이가 말했어.

"에잇, 그것두 다 집어치구 집으루 일이나 하러 가야겄다."

집에 도착해 방문을 열어본 칠복이는 깜짝 놀랐어. 밝은 대낮에 늙은 중놈이 새파랗게 젊은 자기 아내를 꼭 껴안고 자고 있거든. 얼마나 괘씸하겠어. 칠복이는 부엌으로 가서 칼을 가지고 왔어. 그러고는 방문을 열려고 하는데 아차 싶었지. 쌀 석 섬을 주고 훈장님께 배운 '참을 인' 자가 생각난 거야.

'그려, 참어야겄다. 암, 참어야지.'

칼을 버리고 방으로 들어가서 늙은 중과 아내를 흔들어 깨웠어. 그러고 보니 그 중이 자기 어머니인 거야. 칠복이는 깜짝 놀라 물었지.

"워째 엄니 머리카락이 하나도 없어유?"

"실은 먹을 게 없어서 내 머리를 팔아 좁쌀을 좀 사왔다. 평소 메누리가 근근이 벌어다 나를 봉양하니 그저 안타까워서. 오늘은 메누리를 안고 있다 잠이 들었구나."

어머니의 이야기를 들은 칠복이는 가슴을 쓸어내렸어. 나쁜 중놈이 아내를 겁탈한 줄 알고 죽이려고 했는데, 참을 인 자 하나 덕분에 화를 면할 수 있었던 거지. _ 당진군 정미면

1-8. 여우 가죽은 포수의 것, 고기는 개의 것

어린 나이에 소년 등과한 원님이 부임 받은 마을로 내려가던 중이었어. 날이 어두워져 주막에 묵게 되었지. 그런데 그 주막에 나이 많은 또 다른 원님이 들어왔어. 젊은 원님과 나이든 원님은 같이 저녁을 먹게 되었지. 그때 주막집 개가 총에 맞은 여우 한 마리를 물고 와서 뜯어 먹으려고 했어. 주인이 그것을 빼앗으려는데 웬 포수가 뛰어 들어왔어. 포수와 주인사이에 옥신각신 싸움이 일어났지.

"여수여우럴 하나 총놔서 잡았는디, 이 집 가이개가 물구 갔으니 내놔유!"

"아니, 우리 집 가이가 물어 온 건디 그게 어찌 당신 것이유? 줄 수 읎어유!"

"내가 잡았으니 내꺼지, 왜 그걸 줄 수 없다는 거유?"

"아 그럼, 좋은 수가 있어유. 시방지금 우리 주막에 원님 두 분이 묶고 계시니 그 분들 앞에서 재판해유."

주막 주인이 두 원님을 밖으로 불러 사연을 말했어.

"저 포수가 총을 쏴서 여수를 잡았는디, 여수가 그 자리에서 죽질 않고 펄펄 뛰어오다가 죽었지유. 그걸 저희 가이가 물어 왔시유. 그런데 포수가 자꾸 자기 꺼라고 여수를 달라고 하는디, 이걸 줘야 옳습니까? 안 줘야 옳습니까?"

늙은 원님이 먼저 말했지.

"그럼 그 여수를 찢어서 나누라."

늙은 원님의 판결대로 여우를 나누려는 순간, 젊은 원님이 말했어.

"잠깐 기다리시오. 그렇게 해서는 안 되오. 포수는 고기보담두 가죽이 필요할 거고, 개는 고기가 필요할 것 아니겠소? 그러니 가죽은 벗겨서 포수가 갖고, 여우고기는 개에게 주시오."

젊은 원님은 이렇게 판결하더래._ 보령군 오천면

1-9. 살인자를 밝히다

옛날 당진 고을 어느 마을에 큰 부자가 있었는데 자식이 하나도 없어 걱정이 많았지. 그래 소실을 하나 두었어. 소실은 아들을 낳아 부잣집 재산을 다 차지하려는 속셈이었지. 그런데 소실을 얻자마자 본부인이 떡두꺼비 같은 아들을 낳았어. 옛날부터 작은마누라를 얻으면 시기심으로 태기가 있다는 그런 말이 있지.

질투가 난 소실은 그만 못된 마음을 품고 말았어. 그래서 한밤중에 슬그머니 방에 들어가 엄마 품에서 자고 있는 아기를 살짝 빼왔어. 마을 냇가에는 커다란 구멍이 뚫려 있는 고목나무가 있었지. 소실은 아기를 강보에 돌돌 말아 그 구멍에 거꾸로 처박아 놓았어. 아기는 울지도 못하고 죽고 말았지.

아침이 되자 부잣집에선 난리가 났어. 집안 곳곳을 아무리 뒤져봐도 아기를 찾을 수 없었지. 결국 부자 영감은 원님을 찾아갔어. 원님은 부자 영감의 사연을 다 듣고 돌려보냈어. 원님은 백

방으로 수소문을 해봤지만 도무지 범인을 알 수가 없었지. 그러는 사이 원님이 바뀌어 열다섯 먹은 어린 원님이 오게 되었어. 부자 영감은 새 원님은 좀 다를 거라고 생각했어. 열다섯에 벌써 원님이 되었으니 필시 보통 사람이 아니라고 여겼던 거지. 다시 원님께 가서 사실을 밝혀 달라고 청했지. 어린 원님이 말했어.

"그 먼저 유명한 양반이 계시다가 해결을 못하구서 떠났었는디, 내가 어찌 하겄는가. 허나 내가 힘껏 노력을 다해 볼 테니께 집에 가 계시라."

어린 원님은 밤새도록 범인 찾을 방도를 생각했어. 다음 날 아침 이방을 불러 명을 내렸지.

"내가 내일 오시午時, 오전 11시~ 오후 1시에 그 마을에 갈 테니께 십 리 안쪽에 사는 사람들은 모두 모이도록 해라."

다음 날 원님의 행차에 맞추어 마을 사람들이 모두 모였어. 원님은 넓적한 바위 위에 올라가 소리쳤지.

"너희들 전부 그대로 선 자리에 서서 내가 무슨 말하기 전에는 한 발짝두 옮기지 마라. 오줌두 누지 말구, 어디 가려워두 긁두 말구. 지금 선 자리에 꼭 서서 내 입에서 무슨 말이 나올 때까지 기다려라. 만약 움직이는 놈은 아주 엄벌에 처할 테니 그리 알라!"

그러고서 원님도 꼼짝 않고 서 있었지. 얼마나 지났을까. 해가

뉘엿뉘엿 넘어가고, 부인네들은 아기 젖도 줘야 하고 저녁도 해야 하는데 당최 원님의 분부가 없으니 움직일 수가 있나.

드디어 원님이 말했어.

"너희들 다 돌아가거라."

하루 종일 붙잡아 놓았다가 아무 말 없이 가라니 모두들 어처구니가 없었지. 사람들이 웅성웅성거리며 각기 제 갈 길로 돌아가는데 갑자기 원님이 냅다 소리를 쳤어.

"저기 저, 어린 애 죽인 놈 어디 가느냐! 사람 죽인 년 어디 가느냐!"

불 같은 원님의 호령 소리에 모두 놀라 뒤돌아보는데, 부잣집 소실만 가도 서도 못하고 풀썩 주저앉더래.

이렇게 해서 어린 원님은 범인을 찾았대. _당진군 고대면

1-10. 송사를 해결한 원님 마누라

소도둑 잡기

옛날 어떤 사람이 부모 덕에 글자는 배웠지만 아무것도 할 줄 모르면서 장가를 들었지. 시집온 부인은 얼굴은 검고 곰보에 한 쪽 다리는 절고, 한쪽 팔도 제대로 쓰지 못했어. 남편이 일은 할 줄 모르고 글만 들여다보니 몸도 성치 못한 부인이 동냥을 해서 먹고 살 수밖에 없었지. 부인은 몸은 부실해도 말은 청산유수야. 제사 때가 되면 동냥을 해서 제사도 잘 지낼 수 있었어. 하루는 남편이 부인에게 말했어.

"나는 이 질루길로 집 떠나 절에 가서 십 년 동안 공부를 허구 올 테니께 부인일랑 혼자 잘 살어."

"언제는 당신이 나를 벌어먹였소? 가 공부나 잘하오."

이렇게 한단 말이야.

남편은 깊은 산속 절로 들어가 지독하게 공부했지. 십 년이 지난 섣달 그믐 저녁 남편이 집에 돌아와 보니, 부인은 동냥해서 설 지낼 준비를 다 해놓고 남편 오기를 기다리고 있거든. 설 쇠고 며칠 후 남편이 말했어.

"나 과거시험 보러 한양에 다녀오겠소."

"아, 그저 당신 맘대루 혀. 내 걱정일랑 당최 말구. 난 워트케든 먹구 살 테니."

얼마 후 드디어 남편이 과거시험을 통과했다는 소식이 왔어. 어느 고을의 원님으로 부임하게 된 남편은 고을 사령들에게 부인을 모셔오라고 했어. 사령들이 물어 물어 찾아가 보니 살림살이가 형편없는 집이야. 이런 집에서 당최 원님이 나왔을까 싶어. 문 앞에 가마를 놓고 기다리는데 어떤 부인이 동냥자루를 지고 이 집으로 들어가는 거야. 그 모습을 보아하니 얼굴은 검고 곰보에 한쪽 다리는 절고, 한쪽 팔도 쓰지 못하는 병신이야. 사령들은 부인을 가마에 태워 원님이 있는 고을로 갔어.

하루는 원님에게 송사가 들어왔어. 어느 술집에서 소장수와 보부상 둘이 같이 자게 되었는데 아침에 일어나 보니 소가 없어졌다고 소를 찾아 달라는 송사인 거야.

소장수가 말했지.

"어제 지녁저녁 주막에서 지와 같이 잔 보부상이 새벽 일찍 간다구 가구, 양중이나중에 날이 샌디 보니깨 소가 읎어졌어유. 그런디 소 걸어간 자꾸자국는 없구 사람 걸어간 자꾸만 있습니다.”

그날 저녁 눈이 살짝 왔던 모양이야.

“너는 물러가 있거라. 내 생각해 봐서 아무 날 네게 기별하마.”

원님은 글만 배웠지 송사 해결을 못해. 원님이 근심 어린 얼굴을 하고 있으니 부인이 물었지.

“뭣 때미 그렇게 걱정을 허우?”

“암디 술집에서 보부상허구 소장수허구 둘이서 잤는디, 이차저차해서 그 소를 찾어 달라구 허니 내 걱정이라.”

“여보쇼. 이거 그만두구 집으로 가유. 집에 가면 내가 동냥해다 장늘 당신 멕여 살릴 텐디, 뭣 하러 남의 골에 와서 송사 하나두 제대로 해결 못허면서 뭣 허능 기요?”

이러거든. 그러면서 부인이 말을 계속 했지.

“보부상 그 사람이 그게 소도둑놈이요. 제 신을 소 뒷다리에다 신기구 저는 소를 탄 거유. 소를 타구 가면 사람 간 자꾸는 없구, 소 간 자꾸만 남는디 소 뒷다리에다 그 신을 신겼이니깨, 사람 발자꾸만 있을 수밖에. 그것두 생각 못허구서 이 고을에 와서 원님이라구 앉아 있는 기여? 그러지 말구 오늘버텀 집으루 가유. 내 동냥해다 당신 멕여 살릴 테니께.”

부인의 타박이 심했지. 원님이 가만히 생각해 보니 그럴듯하거든. 소장수를 불러 부인이 일러 준 대로 말했어. 아니나 다를까. 보부상을 잡아 족쳐 보니 그놈이 훔쳐간 거야. 마누라 덕에 원님은 송사를 잘 해결한 거지.

범인 황구삼을 잡다

또 얼마나 지났을까. 웬 여자가 찾아와 말했어.

"즈이 시아버지가 돌아가셔서 남편이 시묘를 살고 있었슈. 어느 날 남편이 하루 저녁 내려와 내우내외 간에 동침을 하여 뱃속에 아기가 생겼시유. 그런디 남편은 집에 온 적이 없다고 하니 이런 변고가 어디 있슈. 배는 자꾸 불러오고 야단이 났으니 내 억울함을 풀어 주세유."

원님은 당최 누가 범인인지 짐작할 수 없어 골치가 아팠지. 그러던 어느 날 원님이 잠을 자는데 꿈속에서 누런 개 세 마리가 동헌 마당에 와서 싸우는 거야. 개들이 어찌나 사납게 싸우는지 깜짝 놀라 잠에서 깨어났지. 원님은 또 부인을 찾아가 자초지종을 들려주니 부인이 말했어.

"여보소. 그런 판결 못헐 테면 뭣하러 남의 골에 앉아서 원님 소리 듣구 있는 거유? 나 하자는 대루 허면 뱃속 편하잖어? 동냥해다 주면 그눔 먹구 살면 되잖아유. 내일이래두 이거 다 걷어치구 가유."

이렇게 타박을 하면서도 부인은 또 방도를 일러 주었지.

"시묘 사는 남편이 상복 입구서 부인 방에 들어올 리가 만무해유. 시묘 사는 사람이라면 삼 년 동안 빨래두 안 해 입구, 세수두 않구, 머리도 안 빗구 시묘막에서 그냥 앉아 있는 거잖어유. 그러면 그곳에 오는 사람들이 쌀이 됐든지 돈이 됐든지 뭐든 조금씩 갖다 줘야 그것 먹고 시묘 사는 거잖어유. 그런디 제사 때나 내려올 사람이 상복 입고서 자기 부인한테 왔겄어유?

당신 꿈속에서 누런 가이개 시 마리가 와서 쌈하는 걸 봤다구 했지유? 이 골에 황구삼黃狗三이라는 사람이 있을 거유. 아전들에게 물어보구 황구삼이가 있다구 하면 불러다 친하게 지내셔유. 그런 다음에 또 방도를 일러 줄게유."

원님이 아전들에게 물었지.

"이 골에 황구삼이라는 사램이 사느냐?"

"예, 삽니다."

"그럼 가마를 가지고 가서 황구삼을 잘 모셔오너라."

황구삼은 원님이 가마를 보내오니 깜짝 놀랐지. 가마를 타고 동헌에 들어서자 원님이 나와 반갑게 맞이했어.

"제가 이 골에 온 지 벌써 여러 달이 되도록 못 찾아뵈어서 죄송합니다. 어서 들어오시요."

원님은 황구삼에게 기가 막히게 잘해주고 친하게 지냈어. 며칠 후 부인은 다음 방도를 일러 주었어.

"당신, 전에 꿈에서 누렁 가이 시 마리가 싸우는 걸 봤다고 했지유. 그게 바로 황구삼을 뜻하는 거여유. 누를 황, 개 구, 석 삼… 알았쥬? 이제부터 당신 나가서 그 사람에게 이렇게 말하세유. 내 아내가 병이 났는디, 그 약이 곡소리를 듣지 않은 상복을 삶은 물이라고유. 그런디 도대체 타향이라서 약을 구헐 수가 없다구유. 그렇게만 말하면 황구삼이 하는 말이 있을 거예유."

부인 방에서 나온 원님은 수심 가득한 얼굴로 황구삼과 마주 앉았어.

"원님, 뭣 때미 그렇기 걱정허시는 거유?"

원님은 부인이 일러 준 대로 말을 했지.

황구삼이 가만히 생각해 보더니 말했어.

"그거라면 지가 구헐 수 있지유. 조금만 기다리셔유. 지가 얼른 갖다 드릴 테니."

원님은 황구삼이 상복 가지러 간 사이 사령을 불러 말했어.

"황구삼을 따라가서 상복을 가지구 나오걸랑 그를 묶어서 데려오너라."

황구삼이 대문 앞으로 나오는데, 사령들이 달려들어 방망이로 두드리고 묶었어.

"이눔들아, 느이 사또가 약이 필요하다고 해서 내가 가지러 왔는데 이런 법이 어디 있느냐?"

사령들이 황구삼을 동헌 앞마당에 끌고 가자, 원님이 호통을 치며 말했어.

"네 이놈, 황구삼. 곡소리 안 들은 상복은 어디서 났느냐? 바른 대루 말하거라."

"상복이야 지 아버지가 죽을 때가 되어 준비해 놓은 것입죠."

"뭣이? 그 시묘 사는 사람의 부인을 데려오너라."

그 부인을 데려왔지.

"황구삼이, 니가 상복을 지어 입구서 저 부인 방에 들어가지 않았느냐?"

"아닙니다요. 그 상복이야 지 아버지가 죽을 때가 돼서 준비해놓은 것입죠."

"이런 고얀 놈 같으니. 아직도 정신을 못 차렸구나. 저놈 입에서 바른 말이 나올 때까지 계속 쳐라."

이때 옆에서 보고 있던 부인은 품에서 칼을 꺼내 자기 배를 가르며 "자 여기, 네 새끼 가져가라" 하고 아기를 집어 던지고 그만 죽었대. 더러운 누명을 썼다고 말이야.

원님 부인이 생기기는 그렇게 생겼어도 무척 현명했지. _보령군 오천면

2부

사연 많은 떠돌이 소금장수들

2-1. 빚을 갚은 소금장수

옛날에 소금 짐을 짊어지고 이 동네 저 동네로 팔러 다니는 소금장수가 있었어. 한 고개를 넘어가는데 힘에 겨워 나무 그늘 아래서 쉬고 있었지. 그때 한 부인도 나무 그늘에서 쉬게 되었어. 소금장수가 물었지.

"저 아랫동네에 가믄 소금 좀 잘 팔리겄습니까?"

"예. 잘 팔리지요. 그런디 우리 집일랑 가지 말으쇼. 저 동네에서 제일 크구 좋은 집이 우리 집인디 스물다섯 살 먹은 딸밖에 없으니 가지 말으쇼."

"예. 그런디 아줌니는 어디 가십니까?"

"나는 친정에 가는 길이요."

"메칠이나 있다 오실랍니까?"

"한 사흘 있다 와요."

부인과 헤어진 소금장수는 곧바로 그 집을 찾아갔어.

"얘야?"

"예에."

"내가 느이 오삼춘외삼촌이다."

"아이구! 오삼춘이 기신다구는 했는디, 뵙지는 못했네유."

"누님을 저 언덕에서 만났는디 외갓집 간다구 가더라. 글구그리고 누님 올 동안 씨암탉 잡아먹고 있으라고 하드라."

딸은 이 말을 참말로 믿고 얼른 일어나 닭을 잡고, 상을 차려 진수성찬을 내왔어. 소금장수는 맛있게 먹고, 편안히 잤지. 이튿날 아침까지 잘 얻어먹은 소금장수는 말했어.

"얘, 큰아가야. 누님이 그러는데 나보고 명주 두 필을 가져가라 하더라. 내가 니 엄니 올 때까지 기다려야겠지만, 소금을 팔아야 하니 난 이만 가야겄다. 그렁께 명주 두 필만 내다오."

그러니 딸은 또 영락없이 명주 두 필을 꺼내 주었지. 어머니가 용돈 쓰라고 준 돈 삼십 냥도 여비로 챙겨 주었어. 소금장수는 소금을 헐값에 대충 팔고 명주 두 필도 팔아 이백 냥을 벌었어. 집으로 돌아와 그 돈으로 논을 한 섬지기나 샀지. 소금장수는 부지런히 농사를 지었어. 십 년이 지나자 큰 부자가 되었지. 소금장수는 생각했어.

'내가 이만큼 잘살게 된 건 다 그 명주 두 필 덕분여. 그 집에 찾아가 은혜를 갚으야겄다.'

소금장수는 돈 천 냥을 짊어지고 그 집을 찾아가 부인에게 인사를 했지. 부인은 소금장수를 알아보지 못했어.

"지가 10년 전에 오삼춘이라고 따님을 속이고 아주머니 집에서 명주 두 필을 가져간 소금장수여유. 그 명주 두 필을 팔아서 논을 사구 농사를 지어 부자가 됐어유. 이제라도 그 빚을 갚으려고 천 냥을 짊어지구 왔시유."

"어휴, 이런 돈 천 냥을 워디서 구경이나 해 보겠나! 오삼춘이라면서 가지고 갔으니께 자네가 내 동상동생 맞네!"

"예? 그렇지유. 지가 동상이지유."

"그러믄 동기간에 의리 있게 잘 살아 보세." _ 보령군 오천면

2-2. 도깨비 덕에 장가든 소금장수

옛날 어느 소금장수가 아들 하나를 두었어. 그런데 이 녀석이 어찌나 게으른지 하루 종일 밥 먹고 누워 잠자는 게 일이야. 하루는 아버지가 아들을 불러 말했어.

"너 이눔아. 너보덤 어린 애덜두 일찍 일어나서 이 일 저 일 하는디, 너는 워뜩하려구어떡하려고 그러냐?"

어머니도 타박을 주었지.

"밥을 주먼 아랫묵이서 처먹구서람니 웃묵이 가서 똥 누구서람니 순갈총으루 밑 닦어 내구. 어찌 살라구 그러는지. 원, 쯧쯧."

화가 난 아버지가 냅다 소리를 질렀어.

"나가서람니 우리 눈앞이두 뵈지 마라!"

"나 안 뵈먼 더 좋겄이요? 그람 나갈랍니다. 소금이나 팔어 먹고살죠, 뭐."

아들은 아버지의 소금지게를 지고 나갔어. 그런데 소금가게

에서 소금을 한 가마니 받아 짊어지고 보니 무거워서 도무지 일어날 수가 있어야지. 아무리 버둥거려도 일어날 수가 없어. 그래서 반 가마니만 지고 장사를 나갔지. 매일 방에서 뒹굴뒹굴하다 그 무거운 소금 짐을 지니 얼마나 힘이 들겠어. 소금장수가 '소금 사쇼' 한마디도 못할 정도야. 소금을 하나도 팔지 못하고 이러구러 고갯마루까지 올라온 아들은 더 이상 참을 수 없었어.

"에이 빌어먹을 거. 더 이상은 못 가겠다. 저 아래 동네로 가서 잠이나 좀 자구 밥도 얻어먹어야겠다."

아들은 소금지게를 그대로 내려놓고 몸만 마을로 내려왔지. 한참을 내려가니 큰 동네가 나오는데 빈집이 보였어.

"오늘 밤은 여기서 자구 날이 밝으면 짊어지구 가야겠다."

빈집에서 혼자 자려니 무섭고 으스스한 기분이 들어 다락으로 올라갔지. 그곳에 누우니 아늑하고 좋았어. 막 잠이 들려는데 왁자지껄 소리가 들려서 문틈으로 가만 내다보니 도깨비들이야. 아들은 숨을 죽이고 도깨비들이 하는 소리를 들었지. 대장도깨비가 말했어.

"이 동네 어디 초상이 났니?"

"네, 저 아랫마을 이정승네 무남독녀 딸이 죽었어요."

"어쩌다 병이 들었니?"

"이정승네 집이 워낙 부자다 보니 딸이 하루 종일 옷을 갈아

입어요. 아침 나절에 입었으면 점심때 갈아입고, 저녁에 또 갈아 입어요. 그러니 이에 물려서 죽었지요."

"그래? 큰일이네. 어떻게 고칠 방법은 없니?"

"고치기 쉬워요. 얼레빗 참빗만 삶아서, 그 물을 서너 숟가락만 삼키면 살아요."

이런저런 이야기를 하며 도깨비들이 한참 놀다 돌아갔지.

"옳지, 그 초상집이나 가야겄다."

아들은 마을로 들어가 이정승 댁을 찾아갔어.

"이 집이 초상 났지유? 그 처녀를 지가 살릴 수가 있어유."

"죽은 사람을 니가 워트케 살릴 수가 있니?"

"그럼 내가 살리면 워트케 할래유?"

"못 살리면 니 목을 바치구, 살리면 내 너를 식구로 삼으마."

"내가 살릴 테니 걱정 마셔유. 얼레빗 참빗만 갖다 주세유."

아들은 빗을 삶아 그 물을 죽은 정승 딸의 입에 넣어 주었지. 그러자 얼마 지나지 않아 정승 딸이 깨어났어. 외동딸이 살아나니 정승 집에선 난리가 났지. 이정승이 말했어.

"잘났건 못났건 간에 내 죽은 자식을 살렸이니께 사위로 삼으야지. 내 재산의 반을 나눠 줄 테니 그것 가지고 잘 살거라."

도깨비 말을 엿들은 게으른 아들은 정승 댁에 장가가서 잘 살았어. _ 공주군 이인면

2-3. 소금장수 부자의 만남

어떤 동네에 서른이 넘도록 시집을 못 간 처녀가 있었어. 어째서 서른이 넘도록 시집을 못 갔냐 하면 인물이 워낙 박색이야. 그래도 과년하니 남자 생각이 났지.

따뜻한 봄날이었어. 길거리에 넙데데한 바위가 있는데, 이 처녀가 바위에 바싹 드러누워 치마를 뒤집어쓰고 궁둥짝을 내놓고 있었어. 그런데 소금장수가 지나가다 보니 어떤 여자가 뽀얀 궁둥짝을 내놓고 있는 거야. 호기심이 생긴 소금장수는 소금 짐을 받쳐 놓고 가서 그 여자와 접촉을 했어. 그러고 소금장수는 떠났지. 한 달쯤 지나자 그 처녀가 태기를 느꼈어. 열 달 후에 아들을 낳았지.

아들은 건강하게 무럭무럭 자랐어. 그 아들이 여덟 살쯤 되자, 아버지가 누구냐고 물었어. 어머니는 대답하기 곤란하니 말을 할 수 없었지. 아들이 자꾸 묻자, 어머니는 기어이 사실을 얘기해 주었어. 결국 아들은 자신이 소금장수의 아들이라는 걸 알았어. 아버지를 찾아야겠는데, 이름도 모르고, 얼굴도 모르는 소금장수를 어디서 찾을 수 있겠어.

세월이 흘러 어머니도 돌아가셨지. 아들은 어떻게든지 아버지를 찾아야겠다고 생각했어. 아들은 어머니에게 들은 그 바위를 늘 지켜보았어. 얼마나 지켜보았을까? 몇 해가 지났을까? 어느 날 늙은 소금장수 하나가 소금 짐을 옆에다 받쳐 놓더니, 그 바위를 쳐다보며 빙그레 웃고, 또 빙그레 웃고 그러거든.

아들은 소금장수한테 쫓아갔어.

"어르신?"

"왜 그러나?"

"어르신께서는 워째 저 바위를 쳐다보구 빙그데데 웃구, 빙그데데 웃구 그러십니까아?"

"그럴 만한 사정이 있네. 젊은이는 몰러두 돼."

그 말뿐이거든.

아들이 가만히 생각해 보니 자기 아버지 같아. 그래서 먼저 물었지.

"여허구 여허구 여해서 그 여자허구 관계했던 일이 있잖습니까아?"

"아, 너 워찌 그런 것을 그렇게 자시자세히 아느냐?"

"그게 우리 어머니였시오. 사실은 내가 그후루다그후에 태어났시오. 어머니는 이미 돌아가시구 안 기시지마는 아버지가 워떤 분인가 기여코 내 생전에 찾고야 말겄다는 결심이루다 이 바위를 꼭 지켜보구 있었지유."

이렇게 말하니 소금장수는 할 말이 없었지. 자기 아들이 아니라고도 할 수 없고. 그래서 아버지를 찾았다는 이야기야. _ 부여군 구룡면

2-4. 요술모자를 얻은 소금장수

어느 날 소금장수가 소금을 다 팔고 집으로 돌아오던 길이었어. 서낭당 근처를 지날 때였지. 서낭당 기둥에서 매미 소리가 들렸어. 소금장수는 매미를 잡으려고, 촉작대기로 콕 찌르니 무언가 툭 떨어졌어. 자세히 보니 모자 같기도 하고, 이상한 물건이야. 소금장수는 그걸 가지고 집으로 돌아왔지. 모자 비슷한 물건이라 머리에 쓰고 집에 들어서니, 부인이 오랜만에 온 남편을 아는 체도 안 하는 거야. 이상하게 생각한 남편이 모자를 벗자 부인이 깜짝 놀라며 말했어.

"아니, 어보 언제 왔시유?"

남편이 모자를 다시 쓰자, 부인은 또다시 어리둥절해졌어.

"아니, 좀 전까지 있던 사람이 워데어디 갔지? 내가 헛것을 본 겐가?"

남편은 생각했어.

‘아하, 이게 요술모자로구나.’

그 다음부터 소금장수는 소금은 팔지 않고 도둑질을 하러 다녔어. 모자를 쓰면 다른 사람이 보지 못하니 돈을 들고 와도, 물건을 들고 와도 아무도 몰랐지. 소금장수는 금세 부자가 되었어.

그런데 그 근방에 또 소금장수가 하나 있었어. 하루는 부자가 된 소금장수를 찾아와 물었어.

“자네 워트케서 이렇게 부자가 됐나? 나는 소금장수하면서 입에 풀칠하기도 어려운디.”

부자가 된 소금장수는 사실 얘기를 해주었어. 그러자 이 사람도 촉작대기 하나 들고 그 서낭당을 찾아갔지. 촉작대기로 매미를 콕 찌르고 모자를 하나 얻었어. 이 사람은 집에 와서 모자를 쓰고 부인에게 물었어.

“나 안 뵈지보이지? 안 뵈지?”

“뵈는디 왜 안 뵌다구 햐. 뵈여.”

이 사람은 밤새 모자를 썼다 벗었다 하며 묻고 또 물었어. 밤 늦도록 계속 물으니 부인은 하도 귀찮아서 안 보인다고 말해 주었지. 신이 난 이 사람은 다음 날 모자를 쓰고 도둑질을 나갔어. 그러니 도둑질 하다 금방 붙잡혔지 뭐. _ 부여군 구룡면

2-5. 여우 잡은 소금장수

작대기로 여우를 잡다

소금장수가 소금 짐을 지고 어느 고개를 올라갈 때야. 어디서 '독독독독' 긁는 소리가 나고 '헤헤헤헤' 웃는 소리가 나더래. 가만히 넘어다 보니 여우 두 마리가 해골바가지를 긁으면서 뒤집어쓰고,

"내가 아무거시 할머니 같으냐?"

"같으다."

"나두 아무거시 할머니 같으냐?"

"같으다."

서로 이렇게 하고 있더래. 여우 둘이 한참을 그렇게 하더니, 꼬부랑한 늙은이가 되어 숲을 나왔지.

소금장수는 모르는 척하며 물었어.

"할머니는 워디꺼정 가슈?"

"우리 손자딸네 잔치한다고 해서 거기 좀 가우."

그러더래. 그래 소금장수가 또 물었지.

"나두 좀 가까유갈까요?"

"갈라면 같이 가자."

고개 아래로 내려오니 동네가 있어. 어느 부잣집에서 혼례를 준비하느라 바빴지. 할머니는 그 집으로 들어갔어. 할머니를 보더니 집안 식구들이 모두 반갑게 맞이했지. 안방으로 모시고 들어가서 대접도 극진하게 했어. 소금장수는 소금 짐을 받쳐 놓고 구경을 하고 있었지. 잔칫집이니 밥도 얻어먹고, 술도 얻어먹고 소금장수도 대접을 잘 받았어.

오후쯤 되어 잔치가 어지간히 끝나가자, 소금장수가 말했어.

"이렇게 와서 잘 읃어먹구 했응께 내 재주나 한 번 뵈구보여 주고 가야겄네유."

다들 술이 얼큰하게 취했으니 좋다고 했지.

"그럼 그렇게 허슈."

"멍석을 가져다 마당이다 좀 깔아 주시유. 안에 있는 시약씨색시구, 부인네들두 맬짱 여기 와서 구경덜 허시유."

소금장수는 소금 짐을 비스듬하게 기대놓고 그 작대기를 가지고 왔어. 그러고선 뒷짐 진 손에 작대기를 들고 멍석마당에 들어와서 왔다 갔다 했지. 구경꾼들을 둘러보는 척하다 말했어.

"할머니, 이리 좀 나오시오, 할머니두 나오시구."

여우가 변장한 두 할머니를 나오라고 하자, 할머니는 나갈 수 없다고 했지. 하지만 자꾸 나오라고 하니 안 나갈 수가 있나. 나와서 둘이 나란히 앉았어.

"내 즘심점심두 잘 먹구 했으니깨 재주나 한 번 보여 드리겠슈."

소금장수는 작대기를 집고 왔다 갔다 하다, 할머니 둘이 앉은 곳으로 가서 느닷없이 내려쳤어. 할머니를 마구마구 때리니 구경꾼들이 난리가 났어.

"아이구 이 사람아, 이러다 할머니 죽겠네!"

하며 말리려고 했지. 마지막으로 세게 한번 내려치니 "캥캥" 하며 할머니가 여우로 변했어. 이를 본 사람들은 깜짝 놀랐어.

"아이구 이게 워쩐 일이랴?"

"큰일 날 뻔했구먼."

구경꾼들의 칭송이 대단했지. 소금장수는 더 융숭한 대접을 받았어.

요술작대기로 속여 팔다

이를 지켜보던 총각 하나가 다가와서 슬쩍 물었어.

"워떻게 그게 여순걸 알었어유?"

"나는 소금 짐을 지구 댕길지언정, 이 작대기루 먹구 살지유. 이 작대기가 다 알려 줘유."

"작대기가 워떠케 알려 줘유?"

"그 요물이 변장한 데 가면 이 작대기가 그냥 떨어. 덜덜 떨면서 다 가르쳐 주지. 내 이걸루 먹구 살지, 이 무슨 소금 짐 가지구 먹구 살겄는가?"

총각이 물었어.

"그러면 그 작대기를 지한테 팔면 안 되겄어유?"

"어이구 이걸 어찌 팔어? 나 생전 이거 가지구 먹구 살 겐디, 안 팔어."

그러자 총각은 돈을 많이 줄 테니 작대기를 팔라고 매달렸어. 소금장수는 모르는 척하며 비싼 값에 작대기를 팔았어. 이제 소금 팔러 힘들게 다니지 않고 편안하게 살게 되었지.

소금 작대기를 산 총각은 어떻게 되었을까? 총각은 작대기만 들고 이곳저곳을 돌아다녔어. 어느 마을에 가니 잔칫집이 보였어. 그곳에 들어가 점심을 얻어먹고 안방을 쳐다보니 두 늙은이가 앉아 있는 거야. 총각은 생각했어.

'아하, 두 여수로구나.'

총각은 사람들에게 큰소리로 말했지.

"내 이렇게 잘 읃어먹구 했응께 여기서 재주나 한 번 뵈구서 가야겠습니다."

모두들 좋다고 했지. 잔칫집에 모인 사람들이 모두 멍석에 빙 둘러 앉았어. 총각이 느닷없이 두 늙은이를 작대기로 두들겨 팼어. 힘센 총각이 늙은이를 몇 대 때리니 죽고 말았지.

"아니 세상에, 이놈이 사람을 죽였구먼."

사람들이 모두 달려들어 총각을 꽁꽁 묶어놓고 흠씬 두들겨 주었지. 그래, 작대기 산 놈은 죽고, 작대기 판 놈은 잘 살았대. _ 대덕군 구즉면

2-6. 병도 주고 약도 주고

옛날 어떤 소금장수가 이 마을 저 마을 돌아다니며 소금을 팔았어. 하루는 날이 저물었는데 묵어갈 집이 보이지 않았지. 주변을 살펴보니 깨끗한 무덤이 하나 있었어. 그래서 소금 짐을 받쳐 놓고 무덤 옆에 자려고 누웠는데, 이웃 무덤에서 웬 소리가 나는 거야.

"이보게, 오늘 내 제산디 제삿밥 좀 은어먹으러 같이 가세."

"나는 손님이 와서 못 가니 자네나 가서 잘 은어자시구 오시게."

소금장수가 들으니 귀신들이 서로 제삿밥을 얻어먹으러 다니는 모양이야. 한참 후에 또 말소리가 들렸어.

"그래, 제사는 잘 은어먹고 왔나?"

"아이구, 제사라고 차린 게 부정하기 짝이 없데그려. 그래서 내가 아장아장 걸어 다니는 손자 녀석을 화롯불에 앉혀 넣구 오는 길이네."

"그 무에 부정하게 차렸나?"

"아 글쎄, 녹두나물에 구렝이가 서리서리 허구 있데."

"그려? 그러면 그 손자 덴 디는 워떠케야어떻게 해야 낫나?"

"그거야 뭐, 밀풀만 쒀 붙이면 대번 나을 텐데, 그 미련한 것들이 그걸 알려는지."

소금장수가 가만히 들어보니 귀신들이 병도 주고 약까지 일러 주는 거야.

동이 트자 소금장수는 마을로 내려와 소금을 팔러 돌아다녔지. 그러다 어느 큰 집을 찾아가 소금을 사라고 하자 하인이 나와 말했어.

"이보쇼. 소금이구 뭐구 지금 정신이 없네. 어린애가 엊저녁에 데여서 다 죽게 생겼단 말여."

"내 들은 이야기가 있어서 그러니 주인 좀 만나게 해 주쇼."

하인의 말을 전해 들은 주인이 나왔지.

"혹시 어젯밤에 제사를 지냈나유?"

"그러네만."

"어젯밤에 제사 지낸 녹두나물이 남았으면 좀 보여 주시유."

하인이 녹두나물을 가지고 나왔지. 그것을 뒤적여 보니 기다란 머리카락이 보이는 거야. 조상귀신에겐 이 머리털이 구렁이로 보였던 거지. 소금장수는 무덤 사이에서 들은 이야기를 사실대로 일러 주었어.

"아이구, 조상님에게 면목이 없어서 이 일을 어쩐데유? 그나저나 데인 디는 어떻게 해야 낫는답니까?"

"그건 밀풀만 쒀서 붙이면 화기가 빠져서 대번 나을 거래유."

그 말대로 밀풀을 되직하게 쑤어 몇 번을 붙이니 화기가 빠져 거뜬하게 나았지. 조상신이 손자를 화로 속에 집어넣어 놓고는 소금장수를 통해 약을 일러 준 거야. _ 보령군 청소면

3부

은혜는 갚아야지

3-1. 스님의 특별한 보은, 인색한 만큼 넉넉한 만큼

어느 날 스님이 상좌를 데리고 길을 가는데 배가 무척 고팠어. 상좌가 말했지.

"배가 고파 한 걸음도 더는 못 가겠어유. 먹을 것 좀 주세유."

"조금만 더 가자. 그러면 먹을 게 있을 게다."

산 밑으로 내려가니 한 노파가 참외밭을 지키고 있었지. 스님이 말했어.

"소승 문안디립니다. 이 어린 게 배가 고프다 하니 꼬부랑 참외라두 하나 요기 좀 시켜 주시요."

"허, 너희에게 줄 참외가 어딨냐? 좋은 참외는 팔아 쌀 사다 먹어야 하구, 또 못생긴 꼬부랑 참외는 집에 있는 애기 갖다 주어야 하구. 너희들 줄 거 읎다."

"그러면 참외 껍데기라두 좀 주시요."

"안 되지. 좋은 건 집에 가져가 장 지져 먹어야 하고, 거 밑에 있는 건 돼지 갖다 주야 하고."

"그러시면 할 수 없지요. 그럼 흘린 참외 씨라도 몇 개 주시요."

"응, 그걸랑 주워 가거라. 주워 가."

스님이 참외 씨를 몇 개 주웠어. 그 옆을 보니 모깃불을 피우고 난 재가 수북했지. 호미도 걸려 있고. 스님이 말했어.

"저 호미를 좀 빌려 주시요."

"그래, 호맹이는 빌려 주지."

"이 재 좀 써도 될까요?"

"맘대루 햐."

스님은 호미로 흙을 파고 재를 섞은 후 참외 씨를 심었어. 조금 있으니 싹이 돋아나고 넝쿨이 쭉쭉 뻗더니 참외가 주렁주렁 열렸지. 주먹만큼 커진 참외가 노랗게 익자 스님과 상좌 둘이 앉아서 실컷 따 먹었어. 스님이 말했지. "그거 잘 먹었습니다."

이 모습을 본 노파가 신기해하며 말했어.

"재주 참 신통허구먼. 잘 가시게."

"무릎이 귀 넘어 어깨 넘어가 꼬부랑하도록 사세요."

스님과 상좌는 이 말을 남기고 길을 떠났지.

얼마를 가다 보니 또 배가 고파진 상좌가 말했어.

"아이구 스님, 배가 고파 더는 못 가겠네유."

"조금만 더 가자."

들판엔 한창 가을건이를 할 때였어. 어떤 부인이 광주리에 밥을 잔뜩 담아 머리에 이고 걸어오고 있었지.

"이보시오 부인, 이 어린 것이 배고파하니 요기하게 밥 한 술만 주세요."

"예, 그렇게 하시오. 밥 광주리가 무거워서 혼자서는 못 내리니께 좀 내려 주시유."

"내려놓을 것도 없이 거기 앉으세요. 조금만 먹을 테니 그렇게 앉아 있으세요."

부인이 쪼그려 앉자 두 사람은 보자기를 열고 밥을 먹었어. 조금만 먹으려 한 것이 어찌나 배가 고팠던지 다 먹어 버렸지.

"아이고, 먹다 보니 다 먹었네요. 이거 어떻게 해야 옳습니까?"

"걱정 마세유. 얼른 집에 가 다시 밥해 가지구 일꾼들 갖다 주면 됩니다. 스님들은 그냥 가세유."

부리나케 동네로 내려가는 아주머니를 보며 스님이 말했어.

"벼락이나 맞아 죽으라."

상좌가 이상해서 물었어.

"부인이 밥을 줘서 우리가 잘 먹었는디 베락을 맞으라구 해서야 되겄시유?"

"너는 모른다. 두고 봐라. 가자."

잠시 후 구름이 모여들고 우르릉 번쩍 천둥번개가 치더니 부인이 동네에 들어가기도 전에 벼락에 맞아 죽어 버렸어. 이를 본 상좌는 깜짝 놀라 말했지.

"아이구 딱하지. 저걸 워턱허야 옳아유."

"너는 모른다. 그만두고 어서 가자."

얼마를 가다 보니 새 원님의 부임 행렬이 보였어. 갖은 풍악을 울리며 가는데 굉장했지.

"너, 저기 저 원님을 알겠느냐?"

"스님, 지가 워터게 압니까?"

"그때 벼락 맞아 죽은 그 부인다. 벼락을 안 맞았으면 맨날 남의 집 일이나 하고 고생만 할 거라, 벼락 맞아 죽으라 했지. 그가 한양 대갓집에 다시 태어나 지금 고을살이를 나가는 거다."

상좌는 고개를 끄덕였지.

또 얼마를 가다가 보니, 참외밭 원두막에 한 이백 살은 넘어 보이는 노파가 앉아 있었지.

"너, 저 노파를 알겠느냐?"

"지가 워터게 압니까?"

"그때 참외 좀 달라니까 안 준 그 노파니라."

상좌가 보니 무릎이 귀 넘어 어깨 너머로 넘어가서 꼬부랑 할머니로 아직까지 살고 있더래. _ 대덕군 신탄진읍

3-2. 돈보다 사람이 먼저

옛날에 아주 가난하게 사는 농부가 있었어. 하루는 농부의 어린 아들이 부모에게 말했지.

"지가 나가서 벌어 올 테니 아버지 어머니는 집이 계셔유."

얼마나 지났을까. 아침저녁거리가 없자 농부는 아들을 찾아갔지. 아들은 그동안 벌어 놓은 돈 삼백 냥을 주었어. 농부는 그 돈을 전대에 차고 오다 고갯마루에서 잠깐 쉬었어. 고갯마루를 한참 내려오다 보니 허리춤이 허전했어. 허리를 살펴보니 삼백 냥이 없는 거야. 그 돈을 고갯마루에 놓고 온 거지. 깜짝 놀란 아버지는 언덕을 헐레벌떡 뛰어 올라갔어. 그곳에 가 보니 어떤 할아버지가 삼백 냥을 들고 앉아 있었어.

"그 돈 삼백 냥, 지가 여기다 놓구 간 건디유?"

"안 그래도 기다리고 있었네. 이걸 내가 가지구 가면 잊어버린 사램이 못 찾을 거구, 놓구 가면 다른 사램이 주워갈 테구. 그래서 내가 갖구 있었네."

농부는 고맙다는 인사를 하고 돈을 받아 다시 돌아왔지. 한참을 오다 보니 갑자기 소나기가 놋날 드리듯비가 죽죽 쏟아지는 모양을 비유적으로 이르는 말 퍼부었어. 냇물이 흙탕물이 되어 세차게 흘러갔지. 그때 어떤 청년 하나가 냇물을 건너다 빠져서 떠내려가는 거야. 청년은 살려 달라고 소리를 쳤지만 물살이 너무 세서 아무도 쉽게 뛰어들 수가 없었지. 그때 농부가 소리쳤어.

"저 사람을 건져 주시유. 여기 돈 삼백 냥 있시유. 이놈을 줄테니깨 저 사람을 건져 주시유."

그러자 지나가던 장정들이 물속에 뛰어들어 건져 주었지. 물에 빠졌던 그 청년이 누군지 알아? 바로 삼백 냥을 찾아준 할아버지의 아들이었어. 할아버지는 자기 아들을 살려준 농부에게 재산의 반을 뚝 떼어 주었대. _ 부여군 부여읍

3-3. 지성이면 감천

옛날 어느 마을에 지성이와 감천이가 살았어. 지성이는 눈 먼 소경이고, 감천이는 걷지 못하는 앉은뱅이였지. 둘은 한 마을에서 위아래 집에 살았어. 그런데 두 아이가 열대여섯 살 정도 되었을 때 부모님이 모두 돌아가셨지. 그러자 하인들이 집문서 땅문서를 다 가지고 도망을 갔어. 그러니 둘 다 살길이 막막했지.

하루는 눈 먼 소경 지성이가 더듬더듬 아랫집 감천이를 찾아갔어.

"감천아. 우리가 부모님 살아계실 때는 그럭저럭 지냈지만, 지금은 아무것도 없으니 이렇게 살다가는 당장 굶어죽겄다. 우리 방도를 한번 찾아봐야 하지 않겄냐? 나는 앞 못 보는 소경일망정 다리는 성허니깨 내가 너를 업으마. 너는 앞은 잘 보니 내 등에 업혀서 이리 가라 저리 가라 가르쳐 주라. 그러면 우리가 워디라두 다니며 밥이라두 얻어먹고 살지 않겄냐?"

"그럭헙시다. 이렇게 마냥 앉아서 굶어 죽을 수야 읎지유."

그날부터 지성이는 감천이를 업고 동냥을 다녔지.

하루는 길을 가다 냇가를 만났어.

감천이가 말했어.

"성님형님, 여기가 냇가여유."

"그러냐. 나두 기운두 읎구 하니, 여기서 좀 쉬었다 가자."

지성이는 감천이를 내려놓았어. 지성이는 배도 고프고 다리도 아프니 쭈그리고 앉아 있었어. 감천이도 시장하기는 마찬가지야. 흘러가는 냇물만 물끄러미 쳐다보고 있었지. 그런데 이게 웬일이야. 냇물에 놓인 징검돌 하나가 반짝이는 거야. 무언가 하고 보니 목침만 한 금덩이야. 감천이가 말했지.

"성님, 지가 잘못 본 건지 몰라두, 여기 징검돌 하나가 금뎅이로 보이네유."

"그려? 내가 앞은 못 보지만, 옛날 어른들 말씀이 금뎅이는 긁어 보면 알 수 있다더라. 어서 가져와 봐라."

감천이가 금덩이를 가져왔어. 지성이는 금덩이를 요리조리 만져 보고, 긁어 보고 얼굴에도 문질러 보았지.

"그래, 이거 진짜 금뎅이 맞다. 우리 이눔을 가져가서 팔면 부모님 살아 계실 때만큼 재물을 얻을 수 있겄다."

지성이는 잠시 생각하더니 다시 말했어.

"그러나 이걸 가져가 재산을 또 장만헌들 무엇하겠느냐? 나는 앞을 못 보구 너는 앉은뱅이이구 허니, 또 도루 도둑맞을 거 아니냐? 죽 쒀서 개 주는 꼴이지. 그러니깨 이 보물을 부처님께 갖다 바치자."

둘이 의견을 모아 금덩이를 합천 해인사에 바쳤어. 그 뒤로 지성이는 눈을 뜨고, 감천이는 걷게 되었지. 그 다음부터 '지성이면 감천'이란 말이 생겼지. 아주 정성이 지극하면 하늘이 복을 내린다는 뜻이야. _ 보령군 오천면

3-4. 구렁이 각시를 도운 김서방

구렁이 각시 덕에 부자 된 김서방

어느 마을에 김서방이 살았는데 너무나 가난했어. 김서방은 이렇게 사느니 차라리 죽는 것이 낫겠다며 집을 나왔지. 정처 없이 한참을 가다 보니 어스름 저녁이 되었어. 저만치 오두막집에서 불빛이 보이기에 찾아갔지. 문을 두드리니 예쁜 각시가 외씨 같은 버선 신고 제비같이 나와 나비같이 마중을 했지. 각시는 집 안으로 데리고 들어가서 밥을 한상 잘 차려주었어. 가난에 항상 배가 고프던 사람이니 얼마나 잘 먹었겠어. 김서방이 밥을 다 먹자 각시가 물었지.

"워디 가시는 행인이간디 이 밤에 들어오셨어유?"

"하두 가난에 쪼들려서, 정처 없이 그냥 나왔슈."

"그럼 어디 가지 말구 우리 집이서 나랑 같이 살어유."

김서방은 그러자고 했지. 그곳에 사니 따뜻한 물로 머리 감겨 주고, 명주실로 짠 옷을 입혀 주고 집 생각 없이 잘 살았어. 이렇게 십 년을 살았을까. 어느 날 문득 집에 가보고 싶은 생각이 들었어. 각시에게 말했지.

"여보 임자. 나 집이 한번 댕겨와야겄네."

"그럼, 댕겨오시오."

각시와 인사하고 집을 나섰지. 한참을 가다 보니 길가에 한 노인이 앉아 있는 게 보였어. 수염이 서너 자나 되고 기다란 담뱃대를 물고 있었지. 노인이 말했어.

"이보시오. 자네가 김서방인가?"

"예, 그런디요."

"내 말 잘 들어보게. 저승이서 자네 할아버지가 나더러 부탁을 했네. 자네 이제 집으로 가거든 다시는 이곳에 오지 말라고 신신당부를 했네."

"예. 그러지유."

김서방은 묻지도 않고 대답했어.

"명심하게. 자네 다시는 이 근처엔 얼씬도 하지 말아야 하네."

김서방은 집을 향해 떠났지. 어느덧 전에 살던 동네에 도착했어. 김서방은 주막에 들어가 슬쩍 자기네 집 소식을 물었어.

"그 양반 집 나간 지가 근 십 년이 넘었는디, 그때부텀 자꾸 돈이 들어와 부자가 됐어유. 저 집이 그 집인디 하인이 등썰거리구, 이 앞 논 수백 마지기가 다 그 집 땅이여유."

김서방이 집을 찾아가 보니, 이 귀 잡어 저 귀 짓고, 저 귀 잡어 이 귀 짓고집을 빈틈없고 규모 있게 잘 지었음을 형용하는 말 동남풍 부는 대로 풍경소리가 진동했지. 대문 안을 들어서니 부인은 꼬부랑 할머니가 되어 있었어.

"여보 마누라, 나 몰라보겠는가?"

부인이 가만히 뜯어보니 10년 전 집을 나간 자기 남편이야. 부인은 대성통곡을 했지.

"당신 나가서부텀 부자돼 가지구, 아 이렇게 잘살어유."

이곳에서 한 열흘 정도 지내자, 김서방은 각시 걱정이 되었어. 노인이 한 말이 생각났지만 각시가 있는 집으로 가야겠거든.

'내가 죽어두 은혜를 갚아야 혀. 거기서 돈을 보냈이니깨 이렇게 잘살지 뭘루 잘살었겄어. 그렁깨 내가 은혜를 갚아야 혀. 죽어두 가야 혀.'

김서방은 괴나리봇짐을 싸서 각시 집으로 향했어.

은혜 갚은 김서방

김서방은 집에 가는 길에 그 노인을 또 만났어.

"느이 할아버지가 저승이서 이렇게까지 사람을 보내 다시는 여기 오지 말라구 했는디 왜 왔느냐?"

"그래도 지는 가야겄어유."

"니가 자꾸 고집을 피우니 내가 알려주긴 한다만은 그 각시는 사실 사람이 아니라 구렝이다. 너가 가면 구렝이가 한 입에 먹어 버릴 것이다. 그러니 가지 마라."

"아녀유. 지는 은혜받은 것이 많아 꼭 가야 해유."

"그럼 하는 수 없구나. 지금부터 내 말을 잘 듣거라. 각시가 밥을 주걸랑 시세 숟가락을 넘게 먹으면 안 된다. 더 먹으면 구렝이가 너를 늘름 삼켜 버릴 것이니 명심하거라."

김서방은 혹시나 하는 마음에 몰래 집으로 들어갔어. 뒷문으로 엿보니 정말 각시가 커다란 구렁이인 거야. 할아버지가 한 말이 딱 맞았지. 김서방은 들어갈 수도 없고, 안 들어갈 수도 없고 잠깐 망설였어. 그러다 결심했지.

"은혜를 갚아야 사람이지. 저 각시가 십 년 동안이나 내게 얼마나 잘했나. 집 식구덜까정 보살펴 줬는디. 나 하나 죽어지면 그만이여."

김서방은 다시 집 밖으로 나간 뒤 대문을 열고 들어왔지. 그러자 각시가 외씨버선발로 마중을 나왔어. 오랜만에 남편이 왔으니 각시는 정성껏 밥상을 차려왔지. 김서방은 밥 세 숟가락 이상을 먹지 말라는 노인의 말이 생각났지만, 한 그릇을 뚝딱 다 먹어치웠어. 아마 열 숟가락도 넘었을걸.

그러자 각시가 말했지.

"인저 저는 살었소. 당신이 문틈으루 들여다보셨지유? 맞아유. 난 사람이 아니라 구렝이예유. 지는 백 년 동안 기도를 하며 용이 되기만을 기다려 왔슈. 당신 접때 집에 가는 길에 수염이 석 자나 되는 노인네가 허는 말 들었쥬?"

"들었지유."

"그 노인네는 지네예유. 내가 용이 되어 하늘로 올라가려 하면 지네가 잡아당겨 방해하지유. 난 당신 덕분에 착한 일을 많이 하여 이제 용이 되어 올라갈 수 있어유. 이곳은 집이 아니라 바위여유."

각시가 계속 이야기를 했어.

"다른 사람들은 가물어서 농사를 못 지어도, 서방님네 논밭은 촉촉해서 농사를 지어 먹을 수 있을 거예유. 그리고 손자에 고손자까정 정승판서가 날 거예유."

각시는 용이 되어 하늘로 올라갔어. 김서방이 정신을 차리고 주위를 둘러보니, 집은 사라지고 커다란 바위만 있었지. 집으로 돌아와 지내는데, 정말 다른 곳은 가뭄이 들어 곡식이 자라지 못해도 김서방네 논밭은 촉촉해서 곡식이 잘 자랐지. 자손들도 번창하여 정승판서까지 했대. _ 부여군 내산면

3-5. 우암 선생과 은혜 갚은 두꺼비

회덕에 우암 송시열 선생이 살았어. 당시 우암 선생은 벼슬에서 물러나 공부를 하며 지냈지. 어느 날 임금님이 벼슬을 맡기려고 한양으로 불렀어. 선생이 한양에 가기 위해 천안 고을 강가를 지날 때였어. 칠팔월쯤이었는데, 어찌나 가문지 논도 마르고, 샘도 다 말랐어. 선생이 마을 앞 동구나무 밑에서 쉬고 있는데 커다란 두꺼비 한 마리가 나타났어. 그 두꺼비가 우암 선생 앞에 앉아 숨을 쉬는데 헐떡헐떡 하거든.

우암 선생이 말했지.

"니가 무척 목이 마른 게로구나."

선생은 하인을 시켜 두꺼비에게 물을 갖다 주게 했어. 사발 한 가득 담긴 물을 두꺼비는 냉큼 받아먹었지. 그 뒤 선생은 한양으로 올라가고 두꺼비도 어디론가 가 버렸어.

우암 선생이 한양에서 일을 마치고 집으로 내려오는 길에 두꺼비를 또 만났어. 가만 보니 그 두꺼비야. 두꺼비가 이상하게 생긴 접시 하나를 갖다 놓고 눈을 끔뻑끔뻑했지.

우암 선생이 말했어.

"니가 미물이라도 주는 성의가 있으니 내 가지고 가마."

집으로 돌아와 접시를 이리저리 살펴보니, 고추장을 담아 먹을 수도 없고, 간장을 담아 먹을 수도 없고, 밥을 퍼 담을 수도 없었어.

'두깨비가 이걸 나한테 뭣하러 줬을까?'

아무리 생각해 보아도 쓸모가 없었지. 이상한 접시를 방 한켠에 밀어 두었어.

하루는 우암 선생이 저녁을 먹고 담배를 피우는데 재떨이가 보이지 않았어. 그래 그 접시에 담뱃재를 톡톡 털었지. 다음 날 보니 접시 위에 담뱃재가 소복이 쌓여 있는 거야.

"참, 별일 다 본다. 어제 내가 담배 한 대 먹구 턴 재가 얼마 안 되는데 이렇게 소복하다니."

담뱃재를 갖다 버렸지. 그런데 그후로도 그 접시에 무엇이든 조금만 올려놓아도 소복해지는 거야. 종이를 올려놓아도 소복해지고, 쌀알을 올려놓아도 소복해지고. 바로 화수분인 거지. 화수분은 재물이 계속 나오는 보물단지야.

우암 선생은 생각했어.

'이걸 그냥 뒀단 큰일 나겠구나!'

그래서 하인을 불러 덤덤하게 말했어.

"당장 이 접시를 그 두깨비 있던 데다 도로 갖다 놓고 와라."

왜 도로 갖다 놓으라고 했을까? 옛날 공부하는 선비들은 재물에 욕심 부리지 않았대. _당진군 면천면

4부

이 고을 저 고을 효자 열전

4-1. 효도도 부모님에 맞게

어떤 마을에 효자가 살았어. 이웃사람이 보니 그 효자가 부모에게 잘하는 모습이 보기 좋았지. 자기도 효자 노릇을 하고 싶어 찾아가 물어보았어.

"부모에게 효자헐라면 워치기어떻게 히야해야 혀?"

"겨울되면은 부모님이 자는 방이 뜨뜻헌가 안 헌가를 이렇기 손을 넣어 봐서 그 방이 차면은 불을 때구, 항상 더운가 찬가 잘 봐야 혀."

"그러구서 그다음엔 워치기 혀?"

"부모님이 일어났을만 헐 것 같으면 가서 옷을 입구서 뜨뜻허게 해서 내드리면 되는 겨."

그 말을 듣고서 이웃사람이 자기 부모님 방을 찾아갔어. 자기도 효자 노릇을 해보려고 이불 밑에 손을 넣었지. 그러자 부모님이 깜짝 놀라며 소리쳤어.

"웬 도적 놈이 와서 이러느냐?"

아주 야단이 났어. 밖으로 쫓겨났지. 하지만 이불 밑이 차가우니 아들은 아궁이에 불을 땠어. 또 방에 들어간 아들은 아버지 옷을 입었어. 옷을 따뜻하게 입었다가 벗어드리라고 했으니까. 그걸 본 아버지가 소리소리 질렀지.

"이놈이, 남의 옷을 막 뺏어 입네!"

아버지는 나무베개를 들고 아들을 마구마구 때렸지. 아들이 말했어.

"이것 효자 노릇 허다가 맞아 죽겄다."

그러고는 옷을 벗어 놓고 도망가더래. _ 당진군 당진읍

4-2. 산신령이 준 동자삼

작은 시골 마을에 홀어머니를 모시고 사는 부부가 있었어. 그 부부에게 자식이라곤 아들 하나뿐이었지. 그렇게 넷이 사는데, 팔십 노모가 병을 얻었어. 병석에서 이삼 년간 고생을 하다 보니 어지간했던 재산을 얼추 다 써 버렸지. 그럼에도 부부는 오매불망 노모 걱정뿐이야. 그날도 부부는 어머니 걱정을 하다 잠이 들었는데, 꿈속에 산신령이 나타나 말했어.

"어머니 병을 고치려면 네 아들을 고아서 먹여야 된다. 그 외에는 약이 없다."

남편이 깜짝 놀라 눈을 떴는데 아내와 눈이 딱 마주쳤지. 남편이 어렵게 말을 꺼냈어.

"여보, 꿈을 꾸니깨, 자식을 잡아서…."

"아니! 나도 같은 꿈을 꾸었소."

"이를 워트게 하면 좋겄소?"

남편은 차마 이야기를 못하고 있는데 부인이 먼저 말했어.

"우리 자식이 이제 열 살이고, 공부도 잘허구 영리하기도 허지먼, 우리 별루 늙지 않았으니깬…. 자식은 하나 더 낳아서 키우면 되지 않겠어유. 하지만 어머니는 80 당년에 죽으면 영원히 죽는 것 아니여유? 해간하여간 잡어서 대접헙시다."

고심하고 고심한 끝에 부부는 그렇게 하기로 작정했지.

부부는 다음 날 아침 밥상을 잘 차려서 아들에게 실컷 먹이고, 깨끗한 옷으로 갈아 입혀 서당에 보냈어. 부부는 아침도 먹는 둥 마는 둥 하고 어머니의 병간호에 정성을 다했지.

아들을 서당에 보낸 뒤 부인은 큰 가마솥에 장작불을 피워 물을 팔팔 끓였어. 서당 갔다 올 시간이 되니 아들이 아침에 갔던 모습 그대로 책을 겨드랑이에 끼고 들어왔지. 아버지가 아이를 안자 어머니는 얼른 솥뚜껑을 열어 아이를 집어넣고 뚜껑을 덮었어. 펄펄 끓는 물에 아들을 넣고 부부는 서로 부둥켜안고 얼마나 울었는지 몰라. 그렇게 한참을 울고 있는데 아들이 집 안으로 쓱 들어오는 거야.

'분명히 내 자식은 끓는 물 속에 집어넣었는디.'

아들이 멀쩡하게 들어오니 부부는 도대체 꿈인지 생시인지 구분할 수가 없었지. 의아하게 생각한 부부는 얼른 솥뚜껑을 열어 보았어. 그러자 가마솥 안에는 산삼 한 뿌리가 솟구쳤다 들어갔다 하고 있는 거야. 부인은 산삼 삶은 물을 정성껏 어머니에게 드렸어. 어머니는 점차 병이 다 나았지. 그러자 남루하던 집에 웃음꽃이 활짝 피었어. 산신령이 부부의 효심을 기특하게 여겨 산삼을 보내주었던 거야.

부부가 어머니에게 달여 드린 약은 사실 '동자삼'童子蔘이라는 거야. 동자삼이 무엇인고 하니, 산신령이 오래 묵은 도라지나 산삼을 사람으로 변하게 한 것이지. _ 당진군 정미면

4-3. 호랑이가 된 효자

옛날 충북 어느 땅에 황씨 성을 가진 효자가 있었어. 하루는 스님이 황씨의 집에 동냥하러 오게 되었지. 황씨는 동냥을 후하게 주었어. 그러자 스님이 물었지.

"집안에 무슨 우환이 있습니까?"

"어머니가 지금 많이 편찮으신데 백약이 무효하네유."

"허, 좋은 약이 있긴 한데 그 약을 구하기가 좀 어렵습니다."

"무슨 약이유? 일러만 주세유."

"누런 개의 쓸개 천 개를 먹어야 낫습니다."

이 말을 남기고 스님은 홀연히 떠났지. 보통 개 천 마리도 구하기 어려운데 누런 개 천 마리를 어떻게 구할 수 있겠어. 방도를 찾지 못한 황씨는 매일 뒷산에 올라 산제를 지냈어.

"비나이다. 비나이다. 어머니 병을 낫게 할 누렁개를 좀 구하게 해주세유."

황씨가 백일 산제를 지내고 내려오려는데 떡시루 밑에 책 한 권이 보였어. 그 책을 보니 호랑이로 둔갑할 수 있는 주문이 담겨 있는 거야! 그 주문을 읽으면 금방 호랑이가 되어 누런 개를 잡으러 갈 수 있었지.

밤마다 황씨는 책을 꺼내 주문을 읽고 호랑이로 변했지. 매일 누런 개의 쓸개를 구해와 어머니께 드리자 병이 조금씩 나았어. 그런데 부인이 가만히 보니 매일 밤 호랑이로 변한 남편이 무서워서 못살겠거든. '에이, 이놈의 책 때미 그렇구나' 생각한 부인은 남편이 호랑이가 되어 나간 뒤 그 책을 불태워 버렸어.

남편이 돌아와서 다시 사람이 되려면 그 주문을 읽어야 하는데 책이 보이지 않았어. 자기 부인을 앞발로 툭툭 치며 책 읽는 시늉을 해도 소용이 없어. 책을 태워 버렸다는 걸 눈치 챈 황씨는 분한 마음에 자기 부인을 찢어 죽였어. 어쩔 도리 없이 황씨는 호랑이로 살게 되었지.

호랑이가 된 황씨는 산 속에 살며 가끔 마을로 내려와 개는 잡아먹고, 부인네들을 보면 마구 죽였어. 그러니 관가에서 야단이 났지. 원님은 몇십 명의 포수를 풀어 황씨가 숨어 지내는 애미산으로 보냈어. 결국 황씨는 포수에게 잡혀 죽었지. 조선 팔도를 다 돌아다니며 누런 개를 잡았기 때문에 황씨를 황팔도黃八道라고 불렀대. _ 부여군 내산면, 은산면

4-4. 횡령한 아버지를 구한 효자

옛날 어느 마을에 일곱 살 된 아들 하나를 둔 정씨가 살았어. 정씨는 마을 일을 보다 그만 마을 돈에 손을 대고 말았어. 그래서 옥에 갇히게 되었지. 일곱 살 된 아들은 끼니마다 아버지에게 밥을 싸다 드리며 옥바라지를 했어. 옛날엔 옥에 갇혀 있어도 밥을 주지 않았거든. 저녁이 되면 아들은 옥문 앞에서 쪼그리고 앉아서 잠을 잤어. 아버지는 추운 옥에서 지내는데 자신은 집에서 편히 잘 수가 없었던 거지. 아들이 참 효자야.

하루는 원님이 달도 밝고 적적하기도 하여 나와 보니, 어떤 조그만 아이가 옥문 앞에서 웅크리고 앉아 잠을 자고 있지 않겠어. 그 아이를 깨워 물었지.

"너 이눔. 워째 옥문 앞에서 이렇게 자느냐?"

"예. 지 아부지가 지금 죄수루 옥중에 있습니다."

"그려? 그럼 너는 왜 여기서 자느냐?"

"그저 즈이 아버님께서 이렇게 옥중에서 고생을 하시는디 자식 된 도리루 집에서 편하게 잘 수가 읎어서 이러구 옥문 앞에서 잡니다."

"너 참 기특하구나. 그러나 늬이 애비는 나랏돈을 떼먹었어. 그 죄루 불가피하게 벌을 받아야 한다. 참 안됐지만 돌아가거라."

아이는 당차게 말했지.

"돈이 먼저 생겼습니까? 사람이 먼저 생기구 돈이 생겼지유."

"뭐? 이눔 그런 걸 아는 거 보니 너 글두 배웠겠구나? 내 운자 하나를 낼 테니깨 글을 지어 보거라."

아이는 그러겠다고 했지. 원님은 글을 잘 지으면 자신이 대신 돈을 갚아 주어 아버지를 풀어 주겠다고 했어.

"어려울 난難 자로 시를 지어 보거라."

"난도난도촉도난難道難道蜀道難이요,

금일난도대동난今日難道大洞難이라

모과청춘과부난母過青春寡婦難이요

소동칠세실부난少童七歲失父難이라"

어렵고 어렵구나. 촉나라 길 가기가 어렵구나.

오늘도 살기 어렵구나. 큰 동네 살기 어렵구나.

어머니가 청춘에 과부되니 살기 어렵구나.

일곱 살 어린 애가 애비를 잃으니 살기 어렵구나.

이 시를 들은 원님은 무릎을 탁 치며 말했지.

“옳다. 됐다!”

시를 잘 짓는 효자 아들 덕분에 아버지는 바로 풀려날 수 있었지. _ 부여군 구룡면

4-5. 똑똑한 아들, 부모님을 구하다

삽교천 근처에 어린 김복선과 부모님이 살았어. 신평 이씨 집안의 종이었는데 복선이의 엄마가 아주 미인이야. 상전은 복선이의 엄마를 빼앗고 싶었지.

어느 날 상전이 복선이의 아버지를 불렀어.

"송아지를 낳는 황소를 구해 오너라. 그걸 못 구하믄 니 아내는 내 것이다."

복선이 아버지는 주인의 명을 거역할 도리가 있나. 마지못해 대답은 했지만 걱정이 이만저만이 아니었어. 한숨을 푹푹 쉬는 아버지께 복선이가 물으니 사정 이야기를 들려주었지. 그 소리를 듣고 복선이는 당장 상전을 찾아갔어. 상전이 물었지.

"니 아부지와 엄마는 뭣 허구 니가 오느냐?"

"울 아부지 지금 애기 났시유. 울 엄니는 아부지 산후 국밥 끓이구유."

"에이 미친놈. 사내가 무신무슨 애길 낳니?"

"아 그럼 황소는 어찌 송아지를 낳습니까? 송아지를 낳는 황소가 어딨답니까?"

주인은 할 말이 없었지. 그래서 똑똑한 아들이 어머니와 아버지를 구했다는 이야기야. _ 당진군 면천면

4-6. 고려장이 없어진 이유

옛날에는 노인이 오래 살면 내다버리는 일이 있었어. 이것을 고려장이라고 불렀지. 고려장을 하지 않으면 나라에서 큰 벌을 내렸대. 그러니 사람들은 살아 계신 부모님을 내다버릴 수밖에 없었지. 그런데 당진군에 사는 한 부부는 늙은 아버지를 도저히 생매장할 수 없었어. 집 뒤에 구멍을 파서 아버지를 숨겨 두고 몰래 몰래 돌보았지.

하루는 중국에서 고려에 큰 코끼리를 보냈어. 코끼리의 무게를 재서 보내라는 거야. 중국은 이 문제를 풀지 못하면 쳐들어오겠다고 으름장을 놓았지. 하지만 이렇게 크고 무거운 코끼리의 무게를 잴 방법이 있나. 답을 줘야 하는 날짜는 하루하루 다가오고, 대신들은 문제를 풀지 못해 쩔쩔맸지. 해결책을 찾기 위해 전국 방방곡곡에 방을 붙였어. 효자 아들도 이 방을 보게 되었어.

효자 아들이 아버지에게 저녁밥을 가지고 갔을 때야. 아버지가 아들 얼굴을 보니 너무 어둡단 말이야. 아버지가 물었지.

"무슨 일이 있느냐?"

"네. 중국서 코끼리 하나를 보내 무게를 달어 보내라구 혔는디, 그것을 도무지 알 도리가 읎네유. 이 문제를 풀지 못하면 중국이 쳐들어온다고 허니 온 나라가 걱정이어유."

"얘야, 그거 이렇커믄 된다."

아버지가 해결책을 일러 주었지. 아들은 관아로 달려갔어.

"지가 코끼리 무게를 잴 수 있는 방법을 알고 있시유."

"무엇인지 말해 보아라."

"우선 큰 배를 하나 물에 띄워 놓구서 금을 그어유. 그런 다음 코끼리를 실어서 잠긴 만큼 또 금을 그어유. 고 차이가 있지 않겄슈? 그 다음 물동이에 물을 채워 코끼리를 실어 잠겼던 만큼 물동이를 올려놓고 그 숫자만 세면 돼유. 그 물동이 무게를 하나만 달면 코끼리 무게는 자연히 나오지 않겠슈?"

원님은 옳다구나 무릎을 탁 쳤어. 이렇게 해서 나라의 큰 화를 막을 수 있었지. 이 소식을 들은 임금님은 효자를 불러서 물었어.

"너는 어떻게 이러한 생각을 했느냐?"

"실은 지가 헌 것이 아니라 늙으신 아부지가 알려줬시유."

"그래? 늙은 아버지가 없었으면 이 나라가 큰 화를 당할 뻔했구나. 당장 고려장을 없애도록 해라."

그래서 이때부터 고려장이 없어졌다고 해. _ 당진군 송악면

4-7. 호랑이도 감동시킨 며느리의 효심

옛날에 천안 목천에 사는 한 처녀가 돌다리라는 곳으로 시집을 갔어. 시집을 가 보니 시어머니가 앞을 못 보는 거야. 게다가 시집간 지 일 년도 못 되어 남편이 세상을 떠났지. 친정에서는 어린 자식이 과부가 되었으니 데려와 다시 시집을 보내려고 했어. 그런데 며느리는 아무리 생각해도 앞 못 보는 어머니를 혼자 두고 갈 수가 없었어. 친정아버지가 와서 데려가려 해도 말을 듣지 않았지.

하루는 친정집에서 부고가 왔어. 친정아버지가 돌아가셨다는 거야. 그러니 안 가 볼 수가 있나. 며느리는 푸짐하게 밥 한상을 차려놓고 어머니 손을 끌어다 대며 말했지.

"이건 밥이구, 이건 반찬이구, 이건 물이여유. 잡숫구 계셔유. 친정아버지가 돌아가셨다니 다녀올게유. 그런 줄 아세유."

그런데 친정에 가 보니 자기 아버지가 그냥 살아 있어. 며느리는 눈치를 챘지.

'아, 우리 아버지가 틀림없이 나를 다른 데로 여읠려구 하는구나.'

친정아버지가 말씀하셨어.

"나를 달리 죽었다고 헌 게 아니다. 너가 소녀 과부로 더 살면 뭐하냐. 다른 데루 시집가서 다시 영화를 보며 살면 좋지 않겄냐?"

"안 돼유. 앞 못 보는 시어머니를 두고 가긴 어딜 갑니까? 못 갑니다."

며느리는 밤에 친정 부모님 몰래 도망을 갔지. 천안 목천에서 돌다리까지 오려면 40리약 15.7km 산길이야. 산길로 40리면 굉장히 멀지.

친정아버지는 자기 딸이 말을 안 들을 것을 미리 짐작했지. 그래서 산에다 사람을 숨겨 놓았어. 시어머니 걱정에 바삐 걷던 며느리 앞에 웬 놈들이 나타났어. 그들은 며느리를 커다란 자루 속에 넣고 장대에 꿰어 매고 어디론가 갔어. 한참을 가던 놈들이 자루를 내려놓고 갑자기 사라져 버렸어.

자루 속에 갇혀 있던 며느리는 인기척이 없어지자 웬일인가 하고 자루 밖으로 살금살금 나왔어. 주변을 둘러보니 사람들은 간 데 없고 커다란 호랑이가 떡하니 앉아 있는 거야. 호랑이를 보자 체념을 한 며느리는 마지막으로 하소연을 했지.

"집에는 앞 못 보는 어머니가 계시니 떠날 수 없는디, 친정에서는 자꾸 재가하라구 하는구나. 내가 한시라도 얼른 죽어서 이 세상을 안 봤으면 편하겄다. 그러니 너 배고프거들랑 날 잡아먹어라."

하지만 호랑이는 잡아먹을 생각은 않고 꿈틀꿈틀 엎드려 등에 타라는 시늉을 하는 거야. 며느리가 등에 올라타자 호랑이는 순식간에 시댁 대문 앞에 데려다 주었지.

"고맙다. 니가 나 올 길이 급한 줄 알구 업구 왔구나. 정말 고맙다. 잘 가거라."

그날 밤 잠을 자는데 꿈속에서 호랑이가 보이는 거야. 지금 함정에 빠져 죽게 되었으니 구해 달라는 거지. 그곳을 찾아가는 길까지 생생히 보였어. 동이 트자마자 며느리는 호랑이를 구하러 갔어. 때마침 동네 사람들도 호랑이를 잡겠다고 쇠스랑, 몽둥이, 도끼 등을 가지고 산으로 막 몰려가고 있었지. 며느리는 호랑이가 빠져 있는 함정으로 뛰어 들어가 사람들에게 소리쳤어.

"이건 내 호랭이니깨 손대지 마셔유."

보통 사람들은 호랑이가 무서워 얼씬도 못하는데, 웬 여자가 내 호랑이라고 하니 동네 사람들은 깜짝 놀랐지. 호랑이도 꼬리를 살랑살랑 흔들며 며느리를 좋아하는 거야. 며느리는 사다리를 놔 달라 하여 호랑이와 같이 나와 산으로 돌아갔어.

그후 과부댁이 호랑이를 기른다는 소문이 자자하게 퍼졌지. 어느 날 고을 원님이 소문을 듣고 며느리를 불렀어.

"네가 호랭이를 키운다는데 그 말이 정말이냐?"

"예, 맞아유."

원님은 며느리가 호랑이를 만나게 된 사연을 듣고 호랑이도 감동하여 도와준 효부라며 칭찬해 주었어. 그리고 천안 돌다리에다 효부를 기리는 정문도 세워 주었지. 그때 세운 정문이 지금까지도 있다지? _ 당진군 당진읍

4-8. 낳은 부모보다 기른 부모가 진짜 부모

옛날에 보령군 오천면 한 마을에 김서방 부부가 살았는데 자식이 없었어. 부인은 이 산 저 산 찾아다니며 자식 하나 달라고 기도를 올렸지. 남편이 가만히 보니 자기가 불능인데 부인이 고생하는 것이 안쓰러웠어. 그래서 한번은 자식이 많은 이웃마을 박서방을 찾아갔어.

"박서방, 내 부탁 좀 들어 주구려. 자네도 알다시피 내가 자식이 없지 않은가. 우리 마누라가 자식을 낳으려구 명산마다 다 댕기며 기도를 올린다네. 그런데 실은 내가 불능일세. 그러니 자네가 내 노릇 좀 해주게나. 내 옷 입구, 내 목소리를 배워서 내 흉내 좀 내주게."

박서방은 매년 양식을 받기로 하고 허락을 했어. 어느 날 저녁 박서방은 김서방네 부인 방으로 들어갔어. 박서방이 김서방 흉내를 그대로 내니 부인은 깜빡 속았지. 그리고 드디어 몇 주가 지나자 태기가 생겼어. 부인은 너무나 좋아했지. 열 달 후에 자식을 낳았는데 아들이야. 명산을 찾아다니며 지극 정성을 드렸으니 자식이 얼마나 잘생기고 똑똑했는지 몰라.

박서방이 가만히 보니 자기 집 애들은 잘생기지도 못하고 똑똑하지도 못하거든. 가난해서 공부도 제대로 못 가르치고. 그러니 김서방 집 아이가 크면 클수록 욕심이 났지. 박서방은 어떻게 하면 아들을 빼앗을까 궁리를 했어. 하루는 박서방이 김서방을 찾아가 말했어.

"이 아이는 내 자식이니깨 인제 날 주소."

이 소리를 문 밖에서 들은 부인은 깜짝 놀랐어.

"아니, 그게 무슨 말이래유?"

"그 아들은 내가 이렇게 저렇게 해서 낳은 자식이니깨 우리 박서방네 자식인거요."

지금까지 부인을 감쪽같이 속여 온 김서방은 속상하고 민망스러웠지.

"내가 차라리 죽는 게 낫지. 자식을 빼앗기고 어찌 산단 말이요."

아들이 서당에서 다녀와 보니 아버지가 밥도 안 먹고 누워 앓고 있어. 아들이 물었지.

"아버님, 왜 진지를 안 잡숫고 계시유? 어디가 편찮으시유?"

"니나 가서 먹어라. 나는 도저히 밥이 넘어가지 않는구나."

"아버님, 암만 살펴봐도 편찮은 기색이 없는디 왜 그러셔유?"

"넌 알 거 읎다. 내가 병들어 죽어두 느이 어머니 잘 모시거라. 속 썩이지 말구."

아들이 자꾸 물으니 하는 수 없이 김서방은 사실을 얘기했어.

"실은 이차저차 저차이차 해서 너를 낳았지. 그런데 지금 와서 그 영감탱이가 너를 빼앗아 가려고 하니 내 어찌 살겠느냐. 차라리 죽는 게 낫지. 니 어머니를 부탁헌다."

"아버님. 지가 그 집에 갈 줄 알아유? 나는 김씨 집 아들이지 절대 박씨 집 아들이 아니니 걱정 마셔유."

그러자 박서방은 원님을 찾아가 재판을 청했어. 사정을 들은 원님이 판결을 했지.

"너는 박씨 집 아들이니 이제 박씨 집으로 가거라."

어이없는 판결을 들은 아들은 원님 앞에 나서서 말했어.

"원님, 지 이야기 좀 들어 보세유. 위아래로 밭이 있다고 쳐유. 근데 위 밭에서 씨앗을 뿌리다 아래 밭 임자 모르게 그 씨앗이 아래 밭에 떨어졌어유. 그 씨앗은 아래 밭에서 튼실하게 자랐지유. 그런데 위 밭 주인이 자기네 곡식이니 베어 가겠다고 해유. 이 곡식이 누구네 거예유?"

"그거야 당연히 아래 밭 주인 거지!"

"이게 같은 경우 아니여유? 밭 임자도 모르게 뛰어 들어가 자란 곡식을 어떻게 빼앗아 갈 수 있남유?"

이 이야기를 들은 원님은 고개를 끄덕였지. 그래서 결국 김서방네가 재판에서 이겼어. 이 아들은 자라서 나중에 참판에 정승까지 했다지. _ 보령군 오천면

4-9. 친딸보다 나은 양자

양자를 얻다

옛날 피씨 성을 가진 사람이 있었어. 논이 두 섬지기 정도 되니 먹고 살만은 했지. 피씨는 아들은 없고 딸만 둘을 두었어. 하여 피씨는 같은 성씨 아이를 만나면 양자를 삼으려고 마음먹었지. 하루는 장에 다녀오다 언덕 위에서 쉬고 있는 한 아이를 만났어.

"너는 승성이 뭐냐?"

"피가여요."

피가라는 말을 들으니 아들을 만난 듯 반가웠지.

"나도 승이 피가여. 너는 워디 사니?"

"지는 아부지두 엄니두 돌아가시구 혼자 댕겨요다녀요."

"그럼 너 읃어먹으러 댕길 게 아니라 나럴 따라가자. 내 아들이 읎구 하니 너를 아들로 삼으야겄다."

아이도 좋다고 했지. 집으로 데려와 부인과 상의하고 양자로 삼았어. 아이를 깨끗이 씻기고 새 옷을 입혀 놓으니 인물이 훤했지. 게다가 서당을 다니며 글을 배우는데 하나를 알려주면 둘을 아는 거야. 부모의 말도 잘 따르니 피씨는 흡족했어. 하지만 두 딸은 성만 같은 아이를 데려다가 아들로 삼았다고 시기를 했지.

딸들은 나이가 차서 시집을 가게 되었어. 딸들은 집에 올 때마다 어머니에게 말했지.

"어디서 생긴 놈인지도 모르는디 왜 우리 재산을 그 아이에게 줄라구 그라요? 딸두 자식잉께 딸을 주야지. 워떻게 저 아이에게 줄라구 해유?"

"그래두 느 아부지가 우리 승이 하도 귀허니 이렇게 데려다 아들로 삼았는디 어떻게 허냐?"

열 번 찍어 안 넘어가는 나무 없다고 딸들이 자꾸 이야기를 하니 어머니도 딸 편이 되었어. 하지만 남편이 무서워 쉽게 말을 할 수 없었지.

어느덧 아들도 자라서 장가를 가게 되었어. 재산에 욕심이 난 딸들이 아들과 며느리를 죽이려고 했지. 이를 눈치를 챈 아들이 아버지에게 말했어.

"아부지, 지가 질래계속 여기 있다가는 누님허구 매부에게 깨딱허다 죽게 되니깨, 지는 나가겄시유."

아버지도 눈치를 채고 있던 터라 돈을 얼마 챙겨 주며 나가 살게 했어. 그러자 큰딸이 아주 이사를 왔지. 딸은 날마다 아버지에게 재산을 달라고 졸랐어. 아버지는 딸들의 닦달에 못 이겨 큰딸에겐 논 스무 마지기, 작은딸에겐 논 열다섯 마지기를 나눠주었어. 큰딸은 자기가 다 받지 못하고, 동생에게도 나눠 준 게 못마땅했지. 아니나 다를까. 얼마 지나지 않아 큰딸이 부모님께 말했어.

"아부지랑 엄니랑 심심허니께 동상네 집이 가 좀 계셔유."

그래서 할 수 없이 작은딸네 집으로 갔지. 한 열흘 정도나 있었을까. 작은딸도 눈치를 주며 말했어.

"아부지, 집에 큰형이 있으니께 그리 가 계셔유."

일 년 정도 지나니 아버지가 큰딸네 가면 작은딸네로 보내고, 작은딸네 가면 큰딸네로 보냈지. 아버지는 딸들에게 재산 나눠 준 것을 크게 후회했어.

핏줄은 달라도 참으로 효자여

피씨는 두 딸들에게 남은 땅문서까지 빼앗기면 큰일 나겠다 싶었지. 하여 노자 돈을 두둑이 준비해 아들을 찾아나섰어. 집을 떠난 뒤로 연락이 끊겼으니 아들이 어디 사는지 알 수가 있나. 이 마을 저 마을 돌아다니며 물어보았지. 한 닷새쯤 돌아다녔을까. 소달구지에 짐을 싣고 가는 아들을 만났어. 아버지를 만난 아들은 반가워하며 큰절을 올렸지.

"어찌 이렇게 오셨어유? 즈이 집으루 가셔유."

아들네 집에 가 보니 조그만 곁방살이를 하고 있어. 태어난 지 일주일쯤 된 갓난애도 하나 있고. 아들과 며느리는 정성을 다해 점심상을 차려왔어. 약주도 한 병 받아왔지. 술 몇 잔과 점심을 맛있게 먹은 아버지는 노곤해서 잠이 들었어. 아들은 일을 하러 나가고, 며느리는 빨래를 하러 갔어. 술을 먹고 잠이 든 아버지는 잠결에 갓난애에게 발을 올려놓았지. 어린 애는 그만 죽고 말았어. 빨래를 하고 돌아온 며느리가 보니 아이가 새파랗게 죽어 있는 거야. 며느리는 죽은 아기를 살짝 빼 가지고 나왔어. 아버지는 그때까지도 아무것도 모르고 잠들어 있었지. 아버지는 밖에서 수군거리는 소리에 깨어났어. 가만히 들어보니 며느리의 말소리야.

"자식은 또 낳으면 되구 아버지는 한번 가시면 못 만나는 거예유. 우리 아버지 모르게 살짝 묻어유."

아버지는 깜짝 놀랐지. 가만히 주위를 둘러보니 왔을 때는 분명히 갓난아이가 있었는데 지금은 없어.

'아뿔사, 내가 술 먹구 어린애를 죽였구나.'

아들 내외는 아무도 모르게 어린애를 묻고 왔어. 아버지는 생각했지.

'세상에 원. 내가 낳은 자식이래두 아부지가 손자 죽였다고 난리가 날 텐디, 뭐 그런 기색이 하나 읎구나. 내 속으로 낳은 딸 자식한티 구박을 받구 이렇게 나왔는디 핏줄은 달라도 참으로 효자여!'

아버지는 아들 내외를 불러서 말했지.

"내가 술 먹구 잘못해서 손자를 죽였으니 내가 살인자여."

"하이구 무슨 말씀이어유. 자식은 또 낳으면 되지유."

"나는 인저 메칠 쉬었으니 가야겄다."

"그럼 가세유. 그러구 종종 오세유."

아버지가 집에 와 보니 딸들의 행실은 여전했어. 큰딸네 며칠 있으면 작은딸네 가라 하고, 작은딸네 며칠 있으면 큰딸네 가라 했지.

괘씸한 마음에 아버지는 사또를 찾아갔어. 지금까지의 사정을 모두 이야기하고는 땅을 도로 찾을 수 있냐고 물었지. 이에 사또는 딸들을 혼내 주고 땅을 모두 되찾아 주었어. 아버지는 그 땅을 모두 팔아 아들에게 갔지. 그후로 손자를 서넛 보고 잘 살았대. 이 피씨가 공주 어디에 살았다지. _ 부여군 부여읍

4-10. 불효자 남편 효자로 만든 부인

옛날 어느 마을에 불효자가 살았어. 부모를 위할 줄을 모르니 문안 인사는커녕, 맛있는 음식도 자기만 먹었지. 이 불효자가 나이가 차서 장가를 들었어. 장가를 가면 좀 나으려나 싶었는데 마찬가지야. 어찌나 불효잔지 부모 말이라면 통 듣지를 않아. 아버지가 서울을 다녀오라고 하면, 이곳에선 천안을 지나 서울로 가면 빠른데, 일부러 부산으로 해서 동해 바다 쪽으로 갔지.

이듬해 아내가 아들을 낳았어. 그런데 웬일인지 첫국밥을 먹지도 않고 이삼일이 되어도 아이에게 젖을 물리지도 않는 거야. 남편이 방에 들어가 보니 아내는 아기를 한쪽에 밀어 놓고 쳐다보지도 않았지. 걱정이 된 남편이 아내에게 말했어.

"그라지 말구 밥 좀 먹구 말여. 애 젖 좀 주시유."

누워 있던 아내가 벌떡 일어나 말했어.

"여보시오. 뭐할라구 길러 가지구 욕봅니까?"

"아 길러 가지구 욕보다니, 뭔 소리여?"

"이것두 길러 놓으면 꼭 당신이 아부지에게 하던 짓을 똑같이 할 거 아녀유! 요거 길러서 부모에게 불효할 것 같으면 애전이애초에 죽여 버리는 게 낫어유. 그러니깨 젖 주지 않는 거유."

남편이 자신의 행동을 가만히 돌이켜보니, 정말 불효막심했거든.

"그러면 내가 아버지 어머니께 잘 할 테니 어린애 젖 좀 주시유. 내 맹세하겄소."

"그러면 먼여먼저 배깥이바깥에 나가서 목욕하고 오시오. 둘이 부모님께 갑시다."

부부는 옷을 갈아입고 부모님께 가서 공손히 절을 했어. 그러자 시아버지가 깜짝 놀라 말했지.

"대관절 웬일이냐?"

며느리가 대답했어.

"이 사람이 이만저만해서 앞으루는 부모님께 효자루 정성을 다한다니, 용서해 주세유."

"그람 니가 그케그렇게 맘을 먹구 참 잘한다니 우리는 고마운 일이구나."

이렇게 불효자를 효자로 고친 현명한 아내는 자식도 잘 키웠다고 해. _ 공주군 이인면

4-11. 불효한 아내를 효부로 만든 남편

옛날에 가난한 나무꾼 부부가 홀어머니를 모시고 살았어. 아내는 남편이 있을 땐 어머니를 잘 모시는 척했지만, 남편이 없으면 구박도 그런 구박이 없었지. 하지만 남편이 이를 모를 리가 있나. 자식을 낳고 몇 년이 지나도 부인의 행실은 당최 고쳐지지 않았지. 어머니를 구박하는 아내를 생각하니 갑갑하기만 했어. 요리조리 궁리하다 꾀를 하나 냈어.

하루는 남편이 부인에게 말했어.

"당신이 늙은 어머니 데리구 살면서 이렇게 고생을 하니 안 되겄네. 내 오늘 장이 가 보니깨 어머니를 내다 파는 사람들이 있습디다. 돈도 많이 받던데 우리도 그럭그렇게 합시다."

"아, 그래유? 그럼 우리 어머니두 내다 팔면 좋겠네유."

"그런디 마른 늙은이는 시세가 안 나가. 사가지두 않구 팔리지두 않어. 이왕이면 통통하게 살을 찌워서 비싸게 팝시다. 고기도 해드리구 좋은 음식두 해드리구 해서."

며느리는 좋은 생각이다 싶었지. 그날부터 아내는 시어머니 방을 따뜻하게 해주고 고기반찬도 해드렸어. 어머니는 기분이 좋아 동네방네 다니면서 입이 마르도록 며느리 칭찬을 했지.

"우리 며느리가 참참이 고기도 해주고 맛있는 걸 많이 주네유. 그러니 내가 힘이 나서 손주를 업고 다닐 수도 있게 되었쥬."

"어이쿠 보기 드문 효부네 그려."

이렇게 시어머니를 봉양하니 며느리가 효부라고 소문이 났어. 효부에게 주는 상으로 치마저고리도 받았지. 이렇게 되자 남편이 아내에게 말했어.

"아이구 인제 고기 사다 드릴래야 고기 살 돈두 읎구 하니깨 돌아오는 장에 어머니 갖다 팔으야겄소."

"그게 무슨 소리예유? 어머니를 판다니. 절대로 못 팔아유."

이렇게 남편의 꾀 덕분에 불효부를 효부로 만들었대. _ 공주군 이인면

4-12. 부모의 정성에 사람 된 아들

옛날 당진군에 김씨가 살았어. 큰 소도 키우고, 일꾼도 두고 농사를 넓게 짓는 부자였지. 김씨 슬하엔 아들 하나 있었어. 아들은 일도 안 하고 밤낮 노름만 하러 다녔어. 쫄딱 쫄딱 논도 팔고 밭도 팔고, 소도 다 팔고 겨우 송아지 한 마리만 남았어.

어느 추운 겨울날 아버지는 소여물을 쑤러 나왔어. 그런데 아들은 밤새 노름하고 돌아와 서너 살 먹은 제 새끼를 끼고 자고 있었지. 아버지는 노름꾼 아들을 어린애 깨우듯 깨웠어.

"얘, 얘. 아가, 아가 일어나거라."

아들이 부스스 일어났는데 눈이 토끼눈처럼 빨개.

"송아지 여물이 없구나. 그 좀 썰어라."

아들은 아버지가 짚도 얻어오고 다 차려놨으니 여물을 안 썰 수가 있나. 나와서 작두로 짚을 썰 수밖에. 그때 손자가 벌거벗은 채로 애비를 찾아 마당으로 나왔지. 하얗게 쌓인 눈을 어정어정 밟고 왔지. 아들은 제 새끼가 차가운 눈을 밟고 오는 게 안쓰러웠어.

"요놈 새끼! 추운디 뭣 하러 나오고그랴."

하면서 엉덩이를 툭 때리며 제 품에 쏙 안았어. 그 모습을 본 아버지가 말했어.

"나도 너를 기를 때 그렇게 했다."

이 말을 듣는 순간 아들은 크게 깨달았어.

'아, 내가 내 새끼를 이렇게 아끼듯 아버지도 나를 길렀는디, 아버지 재산을 다 없앴구나.'

아들은 정성껏 여물을 끓여 놓고 아버지에게 용서를 빌었어.

"아버지 죄송혀유. 지가 노름질에 빠져 재산도 다 팔아먹었네유. 이제부터라도 착실히 잘 살겄습니다."

그후로 아들은 완전히 딴사람이 되었어. 아버지가 일어나기도 전에 송아지 여물을 벌써 다 쑤어 놓을 정도로 부지런해지고 말이야. 아버지는 속으로 생각했어.

'이제야 이 녀석이 사람이 됐구나.'

며칠 후 노름 쏘시개질 하는 놈이 와서 아들에게 말했어.

"어이, 이 사람아. 감초 장수가 돈을 한 자루 갖구 와서 노름을 했는디, 개도 돈을 물어갈 정도였네. 자네가 있었으면 그 돈이 다 자네 것이 되었을 텐니. 가서 본전을 뽑지 않을 텐가?"

그전 같으면 귀가 솔깃해서 달려갔을 텐데, 이놈 때문에 망조가 들었던 생각이 났지. 아들은 손바닥에다 침을 뱉더니 그놈의 귀 빰따귀를 이쪽 저쪽 번개가 번쩍 나도록 후려갈겨 주었어.

"너 때문에 아버지 속 썩이구 재산 다 날렸다. 이놈, 한 번만 더 찾아왔다간 뼈도 못 추릴 줄 알아라."

쏘시개질 하러 왔던 놈은 뺨만 맞고서 그냥 도망가야 했지. 그후 아들은 노름도 안 하고, 부모님께 효도를 하며 잘 살았대. _ 당진군 고대면

5부

별별 웃긴 이야기

5-1. 곡식 아끼려다 곡식 잃은 이야기

옛날 어떤 사람이 조실부모하고 머슴살이를 하며 어렵게 살았어. 머슴살이를 몇 해를 해서 장가갈 밑천을 장만했지. 장가를 가서도 어찌나 지독하게 했는지 논 세 마지기 살 돈을 모았어. 그 마을엔 벼농사가 잘 되는 개똥논이 있어. 그 논은 다른 논보다 좀 비쌌지. 이 사람은 개똥논을 꼭 사고 싶었어. 그래 좀더 악착같이 모아 그 개똥논 세 마지기를 샀어. 가을에 바심곡식의 낟알을 떨어서 거두는 일을 다하여 들여놓았지. 이 구두쇠가 생각해 보니 올 가을 농사 바심한 것을 먹지 않고 잘 두었다가, 내년 봄에 내다 팔면 밭이라도 더 살 수 있겠거든. 그래 부인과 상의를 했어.

"여보쇼?"

"왜 그러우?"

"내가 당신허구 이렇게 지독하게 모아 개똥논 스 마지기를 사가지구 이만큼 나락을 들여놨는디, 우리가 이걸 먹자면 다 먹어.

우리가 이것을 안 먹구서 그냥 놔뒀다가 내년이 쌀을 팔 것 같으며는 논을 더 장만할 수가 있으니깨, 우리 이걸 먹지 말구서, 나들이 가세."

"어디루 나들이 나가 워트게 먹구 살아유?"

"다른 디루 갈 거 읎어. 당신일랑은 친정이루 가구, 나는 처갓집이루 가구, 아들은 외갓집으루 가구. 이러면 될 거 아닌가? 올겨울만 거기서 지내구 내년 봄에 와서 쌀을 다 내다 팝시다."

"그럭헙시다."

떠나기로 약속을 하고 벼는 방에다 꼭꼭 쟁여 놓았어. 남편은 먼저 처갓집으로 가고, 마누라는 친정으로 가고, 아들은 마누라가 업고 갔지. 며칠 후에 친정집에 가 보니 한 집으로 다 모였어. 부인이 말했지.

"여보쇼. 어째서 한 집이루 다 왔소?"

"내가 그러지 않았소. 나는 처갓집이루, 당신은 친정이루, 애는 외갓집으루. 그러니깨 다 모였지. 헐 수 있나."

처갓집에 가서 겨우내 얻어먹고 봄에 농사 지을 때가 되어 집으로 돌아왔지. 방문을 열고 벼를 좀 쪄서 먹으려고 보니 쥐란 놈이 다 파먹어 왕겨만 남아 가마니가 가뿐가뿐한 거야. 남은 벼를 다 쪄 보니 며칠 먹을 거리밖에 남지 않았어. 벼 팔아서 논을 더 장만하려 했다가 쥐만 배부르게 먹인 꼴이지. _부여군 은산면

5-2. 배는 배(船)인가 배(腹)인가

강원도 문막에 조그만 강이 하나 있었어. 하루는 건달 하나가 강을 건너기 위해 나루터에 왔지. 사공을 이리 보니 여자거든.

건달이 말했어.

"아, 여보시오. 여 강 좀 근네건네 주소."

그러니 사공이 배를 갖다 댔지. 배에 올라타서 강물을 건너는데 건달이 하는 말이,

"마누라."

이러거든.

건달이 '마누라' 하고 부르니 사공이 뻔히 쳐다보며 말했지.

"우째 내가 당신 마누라요?"

"아 여보, 당신 배를 내가 탔으니 당신이 내 마누라 아니요?"

사공이 가만히 생각하니 건달이 자기를 놀리는 것 같거든.

강을 다 건너자 건달이 내리려고 했어. 사공이 말했지.

"야야 얼른 내려서 잘 댕겨 오너라."

"당신이 내 마누란디 남편을 보구 그런 법이 어디 있느냐?"

"아 이눔아. 니가 내 뱃속이서 나갔으니 니가 내 자식눔이 아니냐!"

그러더래. _ 대덕군 기성면

5-3. 똥 싸러 한양 간 사람

옷이오 오시오, 잣이오 자시오, 갓이오 가시오

어떤 사람이 한양으로 똥을 싸러 올라갔어. 제일 먼저 큰 상점을 가 보니 여러 가지 물건들이 있었어. 돈은 하나도 없으니, 자기 옷자락을 붙잡고 내밀며 주인에게 물었지.

"이게 뭣이요오?"

"아 그 당신 옷 아니요? 옷이오."

"오라니 들어가야지."

상점에 들어갔어. 잣을 가리키며,

"이건 뭣이요오?"

"잣이오."

"그래? 자시라면 먹으야지."

그래 잣을 먹었지.

사과와 배를 가리키며,

"이거 궈구워 먹는 기요? 거저그냥 먹는 기요?"

"그거, 거저 먹는 거요."

"거저 먹으라니 먹으야지."

하며 실컷 먹었는데 그냥 올 수가 있나?

자기 머리에 쓴 갓을 가리키며 물었지.

"이것 뭣이요오?"

"갓이오."

"가시라면 가야지. 잘 먹구 갑니다."

이 양반이 그냥 나오니 주인이 불렀지.

"여보쇼?"

"왜 불러요?"

"물건 값 내구 가야지."

"잣이라구 해서 자셨지, 거저 먹으라구 해서 거저 먹었지, 갓이라구 해서 가시는디 웬 말이 많아요!"

주인이 아무 말 못하더래.

똥도 누고 돈도 받고

시골 사람이 상점에서 나와 길을 가다 보니 배가 아팠어. 마구 집어먹었더니 배탈이 난 모양이야. 너무 급해 아무 집이나 쑥 들어갔지.

"뒷간 좀 봅시다."

"못 봅니다. 여기는 돈 내고 뒷간을 푸기 때문에 그냥은 못 봅니다."

"그러면 돈 디리면드리면 될 거 아니요."

"얼마나 줄 거요?"

"한 댓 돈 디릴 테니 똥 좀 눕시다."

닷 돈이면 똥을 두 번은 퍼낼 수 있겠거든.

"그럼 그러슈."

그런데 이 사람이 뒷간에 들어가더니 종일 나오지를 않아. 몇 시간 동안 앉아 있는 거야. 이제 주인 양반이 올 시간도 되고 큰일 났거든.

"이보쇼. 인제 나오슈."

"아직 댓 돈어치 안 눠서 못 나갑니다."

참 기가 막히거든.

"닷 돈 도루 드릴 테니 나오쇼."

"닷 돈 받구는 안 나가지. 안 가."

시간은 점점 가고 큰일이거든.

"일곱 돈 드릴 테니 나오쇼."

"일곱 돈 받구는 안 갑니다."

"그럼 한 냥 드릴 테니 나오쇼."

"좋소. 한 냥 내쇼."

이렇게 시골 양반 뒷간에 앉아서 한 냥을 받고 나오더래. _ 보령군 주포면

5-4. 무식한 원님의 엉터리 판결

옛날에 어느 양반이 있었는데 벼슬도 못하고 엄청 가난하게 살았어. 하루는 높은 자리에 있는 사돈 양반을 찾아가 부탁했지.

"내 자식이 이렇게 놀고먹고 있으니 어디 자리라도 하나 마련해 주게."

사돈 양반이 아들을 어느 고을의 원님으로 보내주었어. 그런데 이 아들은 이름만 양반이지 도통 아는 것이 없었어. 하루는 어떤 농부가 찾아왔어.

"간밤에 즈이 소가 죽었습니다."

"아! 이놈아. 니 소 죽은 걸 워특허라구 그러느냐? 여봐라 저 놈 볼기를 쳐라."

그러니 포졸들이 농부의 볼기를 쳐서 집으로 돌려보냈지. 부인이 방에서 가만히 듣고 있으니 엉터리거든. 그래 남편에게 말했어.

"여보셔. 어찌 그렇게 송사를 처리하십니까? 소가 죽었으니 '거 안 됐네. 촌에서는 농우農牛가 큰 밑천인디 죽었으니 워떻게 하겠나. 이왕 죽은 거 할 수 읎으니께 껍데기는 벳겨서 관가로 보내고 고기는 팔어서 조그만 송아지 하나 사는 데 보태쇼. 그 송아지를 잘 키워 또 에미 소를 맹글면 되지 않겠소!' 그렇게 하면 좋지 않습니까? 그런디 왜 볼기를 쳐서 보냅니까?"

부인의 말을 들으니 남편은 그거 좋겠구나 생각했지.

며칠 뒤 또 어떤 사람이 원님을 찾아왔어.

"지 애비가 누구랑 싸우다가 맞아 죽었습니다."

그러자 원님이 말했지.

"그거 참 안됐네. 뒈진 애비를 시방 워턱할 수 있나? 그러니께 기세어차피 죽은 거니께, 껍데길랑 벳겨서 관가루 보내고, 그 성한디루 팔아서 조그만 애비 하나 사라. 작은 애비를 잘 키워 큰 애비를 맹글어라."

그러더래. _ 대덕군 신탄진읍

5-5. 바보 사위 꿀떡 찾기

옛날 공주군 의당면에 한 부부가 살았는데 남편은 좀 멍청했지만 아내는 현명했어. 아내가 더 부지런히 살림을 챙길 수밖에. 하루는 남편이 처갓집에 제사를 지내러 갔어. 장모가 사위를 무척 반겼지.

"아이고 자네 왔는가? 참 오래간만이 왔네."

사위 사랑은 장모라고, 장모는 사위에게 떡도 주고 마실 것도 주었어. 사위는 아무거나 갖다 주는 대로 맛있게 먹었지. 떡을 갖다 주면 다 먹고, 또 갖다 주면 또 먹었지. 맛있게 먹기는 했는데 무슨 떡인지 도대체 알 수가 없어. 장모에게 물었어.

"장모님? 이 떡 이름이 뭐예유?"

"자네 그걸 모르나?"

"네, 츰처음 먹어 봤는디 참 맛있네유."

"그려? 이게 꿀떡이라구 그러네. 꿀떡. 집이 가서 자네 안식구

보구 해달라구 그러게."

옛날엔 꿀떡은 아무나 먹을 수 있는 떡이 아니었어. 부잣집에서나 먹을 수 있는 정도였지. 사위는 처갓집에서 잘 얻어먹고 집에 돌아오는 길에 꿀떡을 잊어버리지 않으려고 "꿀떡, 꿀떡, 꿀떡" 하며 걸었어.

"꿀떡, 꿀떡, 꿀떡."

집에 가서 아내보고 꿀떡 좀 해달라고 하려고 걸음을 재촉했지. 가는 길에 조그마한 도랑이 있어 훌쩍 뛰어넘기로 했어. 잔뜩 힘을 주고 폴짝 뛰어 넘다 그만 '꿀떡' 소리를 잊어버리고 말았어. 큰일이야. 처갓집으로 다시 갈 수도 없고.

"이걸 찾아가지구 가야겄다."

사위는 바지를 걷어붙이고 도랑으로 들어가 손으로 물을 품었어품다: 괴어 있는 물을 계속해서 많이 푸다. 어디에 흘렸는지 손바닥으로 아무리 물을 품어도 도대체 잃어버린 것이 나오지 않아. 사위는 땀을 뻘뻘 흘리며 잃어버린 것을 찾고 있었지. 그때 지나가는 사람이 보였어.

"여보쇼? 여보쇼?"

"왜 그러우?"

"나 여기서 뭐 잃어버렸응께, 이것을 찾아주면 반 노나줄나눠줄 테니, 이 물 품는 것 좀 도와주시유."

그래 이제 둘이서 물을 품었지. 땀을 흘리며 아무리 물을 품어도 흙과 돌멩이만 있지 아무것도 나오지 않아. 지나가던 이가 옷도 다 젖고 잔뜩 화가 나서 말했어.

"이 사람아. 여기에 뭐가 있다구 그러나? 눈알은 화등잔, 꿀등잔만 한 사람이 이렇게 사람 애를 먹이나?"

"응. 맞았어. 꿀떡, 꿀떡. 응 찾았어. 꿀떡, 꿀떡."

꿀떡이 생각난 사위는 집으로 달려갔지. 아내를 보자마자 "꿀떡 해주쇼" 해서 꿀떡을 얻어먹었대. _ 공주군 의당면

5-6. 곧이곧대로 하는 바보 사위

옛날 어느 마을에 미련퉁이가 있었어. 이 미련퉁이가 어찌어찌 하여 장가를 들었지. 하루는 아버지가 미련퉁이를 처갓집에 보내며 말했어.

"너 처갓집에 가걸랑 어른이 계신 자리에 가서 인사를 해야 헌다."

미련퉁이는 "예" 하고 길을 떠났지.

처갓집에 도착하니 장인어른이 지붕 위에서 이엉을 얹고 있었어. 미련퉁이가 지붕으로 올라가려고 하니까 장인이 말했지.

"게 있거라. 게 있게."

"아녀요. 인사는 어른 계신 자리에 가서 해야 헌대유."

하면서 지붕까지 올라가서 절을 했지.

그러고 내려오니 장모가 안 보이는 거야.

"장인어른, 장모님은 워디 가셨습니까?"

"저 뒷간 가셨다."

미련퉁이가 뒷간으로 가려하니까 장인이 얼른 미련퉁이를 말렸어.

"아이고, 게 있게 그냥. 게 있게나."

"아녀요. 인사는 으른 계신 자리에 가서 해야 헌대유."

미련퉁이는 또 뒷간까지 쫓아가 절을 했지.

장인은 사위가 참 미련하다고 생각했지만 그래도 어쩌겠어. 사위라고 콩을 쪄 주었지. 미련퉁이는 찐 콩을 껍데기째 다 먹었어. 까지도 않고 말이야.

집으로 돌아오자 아버지가 물었지.

"가서 애비가 시키는 대로 인사는 잘 했니?"

"예."

"그래, 어떻게 했니?"

"장인어른이 짚을 해 이시길래 지붕에 가서 절을 했지유."

"저런, 니가 애비 우세남에게서 놀림이나 비웃음을 받음를 시켰구나."

"그러고 장모님은 어떻게 했니?"

"장모님은 뒷간에 계시길래 뒷간에 가 절을 했지유."

"이놈이 참! 애비 우세를 시켰구나."

"그래, 음식은 뭐를 해서 먹었니?"

"콩을 쪄 주길래 껍질째 다 깨물어 먹었쥬."

"이눔아! 니가 소냐? 껍질도 안 까고 먹게!"

아버지는 이런 미련퉁이가 큰 걱정이었지.

한참이 지난 뒤 미련퉁이가 또 처갓집을 가게 되었어. 이번에는 아버지가 아무것도 미리 일러 주지 않았지. 일러 준 것이 오히려 사달을 만들었으니 말이야.

처갓집에선 사위 먹으라고 송편을 만들어 주었어. 미련퉁이가 송편을 먹는데 홀랑 까서 속만 먹고 겉은 마당에다 던져 버리는 거야. 미련퉁이가 계속 그렇게 먹자 아이들이 말했지.

"어라. 저 양반은 송편 살을 막 내삐네내버리네?"

"얘이 이놈들아, 우리가 소냐? 송편을 그냥 먹게? 소나 껍데기까지 먹는 거지."

이렇게 송편을 먹고 미련퉁이가 집으로 왔지.

이번에도 아버지가 물었어.

"그래, 이번에는 가서 워트게 했니?"

"절도 안 하구 아무것도 안 하구서는 그냥 송편을 주시길래 맬짱 껍데기를 다 까먹었어유."

"아이고, 이눔. 다시는 처갓집에 못 보내겄다. 세상에 너 같은 놈이 어디 있냐?"

"지두 나중이는 사람 될 때가 있겄쥬."

그러더래. _ 대덕군 신탄진읍

5-7. 바보 머슴이 부잣집에 장가든 사연

옛날 최부잣집에 과년한 딸이 있었어. 이 딸을 시집보내야겠는데 마땅한 사윗감이 없었지. 최부잣집에 머슴 하나가 있었어. 이 머슴은 비가 오는 것을 용하게 미리 알아차렸어. 햇볕이 쨍쨍한 날에도 머슴이 갑자기 나무도 들여놓고 비 안 맞게 물건들을 치우고 나면 먹장구름이 몰려오면서 막 소나기가 쏟아지곤 했어. 이걸 신통하게 여긴 주인은 머슴을 사위로 삼았지. 그런데 사위로 삼고 하는 짓을 가만히 살펴보니, 세상에 바보도 이런 바보가 없는 거야. 사위를 불러 물었지.

"너 전에 일허다 말구 비 올 줄 알고 비설거지 헌 일이 있쟈?"

"야. 있지유."

"그래 워트게 그걸 알었냐?"

"다 아는 방도가 있지유. 지가 저 건너 마을서 머슴 살 때 당나구 한 마리가 죽었슈. 그 당나구를 갖다 묻으려구 여럿이 매구

가는디 불알이 디룽디룽허대유. 그래 그 불알을 떠서 댐배쌈지를 만들었지유. 그런데 이게 비가 올라 그러면 부들부들해지는 거여유."

그러면서 머슴은 장인에게 담배쌈지를 보여 주었어. 비가 올 때 빨래가 눅눅해지는 것처럼 그 가죽도 부들부들 해졌던 거야. 당나귀 불알 덕분에 이 머슴 장가 한 번 잘 간 거지. 이것도 제 복이지 뭐. _ 부여군 구룡면

5-8. 방귀로 도둑 쫓은 사위

옛날에는 솥단지를 빼 가고, 쌀도 훔쳐 가는 도둑들이 많았어. 그래서 한 아주머니는 집을 잘 지키는 사위를 찾아다녔어. 어느 마을 둥구나무 밑을 지날 때야.

그때 "게 누군가? 게 누군가?" 하는 소리가 들렸지.

주변을 두리번두리번 살펴봐도 낮잠을 자고 있는 떠꺼머리 총각밖에 없어. 아주머니가 가만히 들어보니 총각 엉덩이에서 나는 소리야. 도둑을 잘 지키겠다 싶어 총각을 깨워 물었어.

"이보게! 이보게! 자네 워디 사는가?"

"난 이 안동네 살어유."

"혼자 사는가?"

"야, 혼자 살어유."

"그럼 나 따라서 우리 집이를 가자."

아주머니는 그 총각을 데려다 사위로 삼았지.

한여름이 되었어. 아주머니들은 삼을 삼고, 남자들은 짚 그릇을 만들고 있었지. 이렇게 일을 하다 보니 졸려서 모두 이리저리 누워서 잠이 들었어. 그때 도둑놈이 사립문 안으로 살짝 들어섰어. 모두 자고 있는데 어디선가 "게 누군가? 게 누군가?" 하는 소리가 들렸어. 깜짝 놀란 도둑은 도망을 갔어.

그 이튿날 저녁 도둑은 다시 그 집을 찾아갔지. 사립문 안을 들어서니 모두 자고 있었어. 도둑은 생각했어. '인제 오늘 저녁이는 도둑질 좀 헐 수 있겄지.' 그런데 그때 또 소리가 들렸어.

"게 누군가? 게 누군가?"

도둑이 소리가 나는 곳으로 살짝 가 보니 젊은 사람이 자고 있었어. 여름이라 가랑이 넓은 옷을 입어서 궁둥이가 다 나왔더래. 그 소리는 이놈 똥구녁에서 나오는 방귀 소리였던 거야.

'옳지 됐다.'

도둑은 얼른 나와 텃밭에서 가지를 하나 따다 그놈 똥구녁에다 틀어막았어. 그래도 이놈은 세상 모르고 잠만 잤지. 가지로 똥구녁을 꼭 막아 놓으니 '게 누군가' 소리가 뚝 그쳤어.

"됐다. 이제 시작해 볼까?"

도둑놈이 솥단지를 빼서 막 짊어지고 사립문을 나오는데,

"게 누군가?"

소리와 함께 가지가 날아와서 도둑놈 머리를 땅 때렸지. 화들

짝 놀란 도둑놈은 솥단지도 던져 버리고 냅다 도망쳤어. 그 사위, 집 참 잘 지키지? _ 공주군 반포면

5-9. 거짓말쟁이 사위에게 당한 구두쇠 장인

장인의 꼼수

옛날에 구두쇠 영감이 살았어. 이 영감에겐 과년한 딸이 있었지. 사윗감을 아무리 골라 봐도 마땅한 사람이 없어. 영감은 거짓말을 잘하는 사람은 머리도 좋을 거라고 생각했지. 그래서 이런 소문을 냈어.

"거짓말을 세 번 해서 이기면 내 딸을 줌과 동시에 처가살이루 들어와서 자식 겸 사위로 데리구 살겄네."

그런데 거짓말 시험이 공짜는 아니었어. 닷 냥씩을 내야 했지. 그러니 구두쇠 영감인 거야. 돈도 벌고, 사위도 고르고. 이런 걸 '꿩 먹고 알 먹고'라고 해.

소문을 듣고, 거짓말 세 번만 하면 부잣집 사위가 된다고 하니 많은 총각들이 찾아왔지. 대부분 두 번까지는 통과를 했어. 개태사 은진미륵이 한양까지 걸어갔다고 해도 거짓말이고, 비가 안 왔을 때 비가 왔다고 해도 거짓말이야. 그런데 세번째에는 달랐어. 어떤 문제가 나와도 구두쇠 영감이 "그럴 수도 있지" 하면 불합격이야. 온 조선 사람이 다 왔다가도 세 번을 통과하는 사람이 없어. 마지막에 무조건 "그럴 수도 있지" 하면 거짓말이 안 되니까 말이야. 그래서 이 영감은 많은 돈을 벌었지. 이젠 구두쇠 영감을 찾아가면 돈만 뜯긴다는 소문이 퍼져 찾아오는 총각이 뚝 끊겼어. 이것도 한때 할 일이지 그렇게 소문이 나면 손님이 떨어질 수밖에 없는 일이야.

부여에는 서른이 넘도록 남의 집에서 머슴살이하는 삼돌이가 있었어. 하루는 주인에게 신세 한탄을 했지.

"내 서른 노총각이 되도록 머슴살이나 허구, 부모님이 어디가 계신지두 모르구 사네유. 이 형편에 일가를 이루기 어려운디 소문을 듣자 하니, 그짓말 시 번만 하면 부잣집 사위가 될 수 있다고 하네유. 내 거기나 가 봐야겄슈. 재주는 읎지만 한번 가 보려 하니 닷 냥만 좀 해주쇼."

주인이 들어보니 사정이 딱하기도 하고 새경도 주어야 하니 노잣돈을 마련해 주었어. 삼돌이는 그 집으로 찾아갔어. 영감은 오랜만에 오는 사람이라 무척 반가웠지. 삼돌이는 닷 냥을 내어 놓고 거짓말을 시작했어. 어떻게 말하든 첫번째와 두번째는 통과야. 세번째가 문제지. 삼돌이가 말했어.

"영감님, 그나저나 지두 시번째는 불합격입니다. 그런디 이거나 한번 봐주셔유. 이것만 뵈주구 돌아가겄습니다."

삼돌이가 부스럭부스럭 종이쪽지를 꺼내 놓았지. 뭐라고 써 있는고 하니, 차용증서야. 이 구두쇠 영감이 삼돌이에게 만 냥을 빌렸으니 이달 말까지 갚으라는 거지. 영감이 생각해 보니 거짓말이라고 하면 딸을 주어야겠고, 참말이라고 하면 돈을 갚아야겠거든. 꼼짝없이 걸려든 게지.

"내 너를 사위로 삼으야지 헐 수 없구나."

사위의 거짓말

삼돌이가 구두쇠 영감의 사위가 되었어. 구두쇠 영감은 돈이 많아도 언제나 악착같이 일을 해. 새벽에 일어나 밭일을 나가면 밤이 되어서야 들어왔지. 그런데 사위 삼돌이는 아침 먹고 낮잠 자고, 점심 먹고 낮잠 자고, 밤이나 낮이나 밖에도 안 나오고 잠만 잤어. 속담에 '아랫목에서 밥 먹고 윗목에서 똥 싼다'에 딱 맞았지. 여름철 농사 때라 영감 내외는 눈코 뜰 새도 없이 비쁜데 사위는 잠만 자니 참 속 터질 일이야.

해가 바뀌어 초봄이 되었어. 날이 따뜻해져 땅이 풀리니 밭도 갈아야 하고 씨앗도 뿌려야 하고 할 일이 많았지. 영감은 이제부터는 삼돌이에게 일을 시키려고 마음을 먹었어.

"오늘 나허구 조나 좀 갈러 가지?"

"야, 그럽시다."

삼돌이는 장인을 따라 나섰어. 장인도 사위가 어렵고, 사위도 장인어른이 어려웠지. 한참을 일하다 쉬는데 삼돌이는 어른 앞이라 담배도 못 피우니 언덕 아래의 한쪽 귀퉁이로 갔어. 장인도 담배 피러 가는 줄 알고 내버려 두었지. 삼돌이는 장인어른이 안 보는 사이 얼른 집으로 달려와서 소리쳤어.

"장모님, 장모님. 장인어른이 밭이서 언덕으루 떨어져서 그냥 꼬옴짝 못해유."

"어? 그게 무슨 소린가?"

장모는 정신없이 밭으로 뛰어갔어. 삼돌이는 젊은 사람이라 더 빨리 밭으로 달려갔지.

"장인어른, 장인어른. 집에 가 보니깨 불이 났어유."

"뭐라?"

깜짝 놀란 장인은 집을 향해 또 정신없이 달려갔어. 그러다 중간에서 딱 만났지.

"아이고 여보 어떻게 된 일이어유?"

"아이, 집에 불났다더니 어떻게 된 일여?"

"난 당신이 떨어져서 꼼짝 못한다구 해서 정신없이 왔지유."

"아이 이눔이, 그짓말을 했구먼."

분한 장인이 사위를 보고 호통을 쳤어.

"이 사람아? 웬 그짓말을 그렇게 숭악하게 허나?"

"그야 장인어른께서 그짓말 잘하는 사위 은지 않았소?"

장인어른이 할 말이 없었지.

사위의 참말

사위의 거짓말에 당한 장인은 사위에게 말했어.

"이제부터 자네는 말을 하지 말게나."

"그래유. 그러면 말을 않지유."

이제 봄이 지나고 여름이 되었어. 소 외양간 앞에 모기를 쫓기 위해 모깃불을 놓았지. 여름이니 삼돌이는 마루에서 멍석 깔고 자고, 어른들은 방에서 잤어. 모깃불이 활활 타더니 소 외양간으로 옮겨 붙었어. 마을 사람들이 모두 몰려와 소도 끌어내고 불을 끄느라 난리가 났지. 불을 다 끈 후 사람들이 물었어.

"워트게서어떻게 해서 불났니? 워트게서 불났나?"

"나는 알지유."

"워트게서 불났니?"

"자다가 훤허길래 눈 떠봉깨 채고옥 채곡 타 올라가더라구유."

"그럼 소리를 쳐야지. 왜 말을 안 했나?"

"장인어른이 말허지 말라구 그래서…."

장인은 속 터질 일이야.

"아 이 사람아, 담부털랑 인저 본 대루만 얘기혀. 본 대루만."

"그럼 본 대루만 얘기허지유."

이제 여름이 지나고 가을이 되었어. 소가 일을 하다 다리를 삐어 절룩절룩하게 되었지. 소를 자세히 보면 표가 나도, 언뜻 보면 표가 안 날 정도야. 장인과 삼돌이가 이 소를 팔려고 시장에 끌고 갔어. 흥정이 이루어져 돈을 받으려고 하는데 삼돌이가 말을 했지.

"여보시오? 그 돈, 소 잘 못 샀소."

"왜 그래유?"

"다리 뻐서 절룩그려."

그러니 이 사람이 소를 사지 않고 그냥 가 버렸지.

"이 사람아. 그런 소리는 왜 하나?"

"장인어른이 본 대루 얘기허라구 하지 않았소?"

그랬다는 거야. _ 부여군 충화면

5-10. 해인사 스님과 마곡사 스님의 절 자랑

합천 해인사와 공주 마곡사는 절이 크다고 소문이 자자했어. 하지만 서로 소문만 듣지 거리가 워낙 멀어 왕래하지 못했지. 하루는 해인사 스님 하나가 떡 일어서더니 말했어.

"내 마곡사를 좀 댕겨 와야겄다."

해인사 스님은 바로 길을 나섰지.

마곡사에서도 해인사가 얼마나 큰지 궁금해서 가보고 싶어 하는 스님이 있었어. 마곡사 스님도 길을 떠났지. 마곡사 스님이 김천을 지날 때 날이 어두워져 주막을 찾아 들어갔어.

"아, 여기서 하루 즈녁 자고 갑시다."

"네, 저쪽 방이 스님 한분이 있으니 같이 주무세요."

두 스님은 저녁을 먹으며 서로 인사를 나누었지.

"스님은 어데 절에 계십니꺼?"

"전 공주 마곡사에 있습니다."

"아, 그러십니꺼. 내는 합천 해인사에 있습니더."

"소문을 듣자 하니, 해인사에 중이 많다고 허던데 얼마나 많소?"

"그 수는 다 못 십니더셉니다. 무슨 수로 다 시겠습니꺼."

"그러면 그 많구 즉은적은 걸 워찌 알우?"

"사람은 모르고예. 새복에새벽에 대웅전에 불공을 드리러 가모 중이 쇠문꼬리를 억수로 잡아가꼬 쇳가루가 막 떨어져 있어 가꼬예, 발목이 쑥하고 빠집니더."

이런단 말이야. 보진 못했어도 쇳가루가 쏟아진다니 사람이 많긴 많은 모양이야.

해인사 스님이 물었어.

"누가 그러데예. 공주 마곡사에 가모 스님이 억수로 많다카던데 얼마나 됩니꺼?"

"모르지요오. 얼마나 되는지 어찌 알겠소."

"뭐 많다카모, 뭐 표나는 게 있지 않겠습니꺼?"

"마곡사설랑은 금갱금강(錦江)까지 삼십 리약 11.7km요. 그런디 아침에 밥을 허먼 쌀뜸물쌀뜨물이 워떻던지 금갱꺼지 뿌옇게 나갑니다."

그러자 해인사 스님이 버럭 소리를 질렀어.

"미친 소리 하지 마이소. 세상에 몇 백 가마이나 밥을 한다꼬

삼십 리나 물이 뿌옇게 되겠습니꺼?"

이에 질세라 마곡사 스님도 맞서 말했지.

"야 이눔아! 몇 천 명이나 몇 억만 명이나 되기에 쇳가루가 그렇게 많냐?"

하더래. 참 한량없는 거짓말이지. _ 부여군 부여읍

5-11. 팥죽 먹기 대작전

옛날 어느 마을에 시아버지와 며느리가 살았어. 하루는 시아버지가 팥죽이 먹고 싶어 며느리를 불렀지.

"아가야, 팥죽 좀 쒀 먹자."

며느리도 팥죽이 먹고 싶었어. 팥죽을 쒀서 시아버지 한 그릇 드리고, 며느리도 한 그릇 퍼서 같이 먹었지. 어찌나 맛있는지 한 그릇을 뚝딱 먹었어. 시아버지는 좀더 먹고 싶은데 차마 며느리에게 더 달라는 소리를 못하고 숟가락을 내려놓았어. 며느리도 더 먹고 싶었지만 시아버지가 숟가락을 내려놓으니 더 먹을 수가 있나. 서로 팥죽 생각은 있지만 한 그릇씩만 먹고 더는 못 먹는 거야.

잠시 후 며느리가 물을 길러 나갔어. 시아버지는 생각했지.

'며느리 없는 새 죽 좀 더 먹으야겄다.'

죽 한 그릇 퍼서 먹으려 해도 어디 먹을 데가 있어야지. 그래서 팥죽 한 그릇을 들고 뒷간으로 갔어. 며느리가 어려워서 몰래 먹으려고 말이야. 며느리가 물을 길어 돌아와 보니 시아버지가 없어. 며느리도 팥죽 생각이 났지.

'시아버지가 없으니깨 죽 좀 한 그릇 먹으야겄다.'

죽 한 그릇 퍼서 먹으려 해도 어디 먹을 데가 있어야지. 며느리는 죽 그릇을 들고 뒷간으로 갔어. 며느리가 뒷간으로 오는 소리가 들리니 시아버지가 거기서 팥죽을 먹다 어찌할 도리가 없어. 시아버지는 얼른 상투에다 팥죽을 들이부었지. 며느리가 문을 불쑥 열고 들어가려고 보니 시아버지가 거기 앉아 있는 거야. 며느리도 당황하여 팥죽을 내밀며 말했지.

"아버님, 팥죽 잡수시요."

"아이구 야, 나 팥죽 안 먹어두 팥죽 같은 땀이 줄줄 흐른다."

그러더래. _ 공주군 유구면

5-12. 손버릇 나쁜 부부 골탕 먹이기

옛날 주산면 황성리에 손버릇 나쁜 부부가 살았어. 시장에 가면 하다못해 눈깔사탕이라도 하나 몰래 입에 넣고 와야 뱃속이 편했지. 그냥은 못 돌아와.

음력 팔월 보름쯤 되자 동네에서 돼지를 잡았지. 그때는 명절 때나 큰 잔치가 있을 땐 동네에서 돼지를 한 마리씩 잡았거든. 고기를 사람들에게 팔았는데 그 집에서는 돼지 잡는 자리에 있지도 않고 고기 사러 오지도 않았지. 열나흘 마지막 장날, 그 부부는 차례상을 차리려고 장을 보고 돌아오는 길이었어. 평소 부부의 행실을 보다 못한 동네 사람들은 이 부부를 골탕 먹이기로 했지. 멀리서 부부가 걸어오는 게 보이자 동네 사람들이 말했어.

"종이에다 누르스름한 사람 똥을 둘둘 싸서 저 사람들을 골탕 먹입시다."

"그려, 좋아. 그럼 그것이 괴기고기인 줄 알고 집어 가겄지!"

따끈따끈한 똥을 한 사발쯤 눠서 종이에 뚤뚤 말았어. 마을 사람들은 길목 바위 옆에 그것을 놓아두고 도망갔지. 부부가 바위 옆을 지나는데 그것을 쳐다보기만 하고 그냥 지나가는 거야. 조금 가다 한 바퀴 휙 돌면서 주위를 살펴보더니, 부인이 후다닥 와서 그것을 치마 속에 감추고 가져갔어.

그 부부가 집에 들어오자 며느리가 인사를 했지.

"어머니 인제 오세요. 아버지 장에 갔다 오세요."

시어머니가 말했어.

"이거 오다 주은 건디, 종이 껍데기에 불그스름하게 피가 배어 나온 게 틀림없이 괴기인가 보다. 함 풀어 보자."

시어머니와 며느리는 부뚜막에 앉아서 주워 온 물건부터 풀어 보려던 참이야. 그때 어떻게 하나 보려고 부인을 뒤따라온 동네 사람들이,

"아주머니 뭣 하쇼?"

하며 부엌으로 들어갔어. 부인은 주워 온 죄도 있고 하니 놀래서 얼른 감추려고 손으로 꽉 쥐었지. 그러니 종이가 쭉 찢어지면서 손바닥, 손등, 부엌바닥, 솥뚜껑 전부 누우런 똥투성이가 된 거야. 호되게 망신을 당한 거지. 욕심이 많으면 이런 망신을 당하는 법이야. _ 보령군 웅천면

5-13. 내 껀 소중해

옛날에 어떤 사람이 아들 셋을 뒀는데 하나같이 다 효자야. 어느 날 아버지는 자식들 중에 어떤 놈이 제일 효잔가 알고 싶어 시험을 했어. 부인에게 가짜로 아픈 척 앓아 누워 있으라고 하고 약을 지어 오겠다고 나섰지. 아버지가 약 지으러 간다고 하는데 아들이 가만히 있을 수 있나. 큰아들이 아버지에게 말했어.

"아부지, 지가 약 지으러 다녀오겠습니다."

"아니다. 약은 내가 지어 와야 헌다."

약을 지으러 간 아버지는 다음 날이 되어 시무룩한 얼굴로 돌아왔어.

"니 엄니 병에는 백약이 무효라는구나. 아무 약도 말을 안 듣고 딱 한 가지 묘방이 있기는 헌디…. 그걸 참 할 수도 없구…."

고민하는 아버지를 보며 큰아들이 물었어.

"그 비방이 뭐래유?"

"그…, 아들 불알을 떼 갖구 잘 고아 먹이면 낫는다는구나."

큰아들이 이 말을 듣고 대뜸 말했지.

"그럼 지 불알을 떼다가 엄니 약으로 쓰세유."

큰아들이 불알을 내놓으니 큰며느리가 나서며 그럴 수는 없다고 했지. 할 수 없이 아버지는 둘째아들을 불렀어.

"엄니 병에는 아들 불알이 약이라는디 니 불알을 쓰자."

그러니 둘째아들도 선뜻 대답했지.

"그럼, 지 불알을 써서 엄니 병구완에 쓰세유."

그러자 둘째며느리가 폴짝 뛰며 안 된다는 거야. 이번엔 막내아들을 불렀지.

"니 엄니 병에는 아들 불알이 약이라는구나. 그것밖에는 없다는디, 첫째 형 둘째 형의 것은 안 된다고 하니…."

막내아들 또한 효자인지라 주저없이 대답했지.

"그럼, 지 불알을 떼 갖구 엄니 낫게 해주면 되쥬."

그러자 막내며느리가 말했어.

"안 돼유. 그럴 게 아니라, 불알은 아버님 것이나 아들 것이나 다 똑같은디, 이제 아버님은 씨를 다 받아놨으니께 아버님 것으로 쓰는 것은 어떨까유?"

그 얘기를 가만히 방에 누워서 듣던 어머니가 난데없이 벌떡 일어나 앉으며 말했어.

"안 된다. 그만둬라. 약이구 뭐구 다 소용없다. 내 병 싹 다 나았다."

이러더래. _ 당진군 당진읍

6부

명당이 어디메뇨

6-1. 명지관 박상의

쌀밥으로 대접받다

충청남도에는 박상의라는 유명한 지관이 있었어. 박상의는 좋은 묏자리를 찾기 위해 항상 산을 오르내렸어. 그러던 어느 날 큰 산에 올랐는데 안개가 자욱하게 끼어 자리도 보지 못하고 산을 헤매다 날이 어두워졌어. 서둘러 내려오다 보니 등잔불이 반짝반짝 하는 게 보였지. 얼른 그 집을 찾아갔어.

"날이 저물어서 그러니 하룻밤 묵어갈 수 있을까유?"

"예, 들어오세유."

"시장해서 그러니 밥 좀 얻어먹을 수 있을까유?"

하루 종일 산을 헤매고 다녔으니 얼마나 배가 고팠겠어.

"아이구 어쩐데유! 밥거리가 영 읎네유."

손님을 보아하니 큰 선비 같아 대접을 해야 할 텐데 쌀이 있어야지. 산골에서는 맨날 도토리 같은 것만 먹고 쌀이 귀했지.

박상의가 앉아 방 안을 둘러보니 벽에 말뚝을 박고 매달아 놓은 주머니가 보였지. 순간 그것이 뚝 떨어졌어. 열어 보니 쌀이야.

"여기 쌀이 있는디, 워째서 쌀이 읎다구 밥을 안 해줘유?"

"이거는 박상의 선생을 만나면 대접헐라구 수 년 전부터 매달아 놓았던 거예유."

그러자 자기가 박상의라고 했지. 그런데 이 집 사람들은 곧이 듣지 않았어.

"여기 묏자리를 잡으러 왔다가 날이 저물어설람니 이렇게 들어왔습니다. 지가 박상의여유."

긴가민가했지만, 관상을 보아하니 거짓말할 양반은 아닌 것 같아 쌀밥을 지어 성심껏 대접을 했지. 반찬은 없어도 배가 고플 때 먹으니 최고의 밥상이야. 이 집 사람들이 말했어.

"수년 전 부모님이 돌아가셨는디 좋은 묏자리를 잡으려고 이렇게 쌀을 걸어 놓고 선생님을 기다렸시유."

"내일 아침에 묏자리 봐 줄 테니 같이 가 봅시다."

전날 산을 둘러보다 좋은 자리라고 짐작했던 방향으로 갔어. 오늘은 안개도 하나 없어 자리 보기가 좋았지. 그래서 묏자리를 잡아 주었어. 그곳에 묘를 쓰고서 그 사람 참 잘됐다지.

파연 명당이로구나

옛날에 박상의 양반이 길을 가다 산소 자리를 봤어. 그곳에 묘를 쓰면 금방 복을 받는 자리야. 좋은 자리를 하나 봐두고 주막에 내려와 쉬고 있었지. 그때 지게에 송장을 짊어지고 가는 젊은이가 보였어. 어디로 가나 궁금한 박상의는 그 사람 뒤를 따라 나섰지.

따라가다 보니 젊은이는 조금 전 자기가 봐놓은 자리에 지게를 내려놓고 묏자리를 팠어. 묏자리는 방향도 중요하거든. 어떤 방향으로 파나 지켜보니 남향으로 파야 하는데 엉뚱한 방향으로 묏자리를 쓰려는 거야. 그래도 박상의는 안 된다고 하지 않고 가만히 지켜보았지. 젊은이가 땅을 파고 송장을 내려놓으려고 보니 구멍이 약간 짧았어. 치수를 재지도 않고 어림으로 파니 그랬던 거야. 송장을 모퉁이로 가로놓으니 딱 맞았어. 지관이 본 바로 그 방향이었지.

이제 덮개는 금홍대를 써야 하는데 젊은이는 누런 밀짚을 가지고 왔어. 별 수 있나. 그냥 송장을 밀짚으로 덮어 주었지. 금홍대나 밀짚이나 모두 금색이니 마찬가지야.

그곳은 금방 복을 받는 자리이니 정말 복을 받나 안 받나 박상의는 궁금했어. 박상의는 젊은이를 쫓아가서 물었어.

"자네는 워서어디에서 사는가?"

"저 아래 부잣집 종이어유."

어떻게 되나 보려고 그곳을 찾아가서 하룻밤 묵었지. 이튿날 주인이 나오면서 휴 하고 한숨을 쉬는 거야.

"왜 그러셔유?"

"과년한 딸이 하나 있는디, 어젯밤 종놈하고 도망갔시유. 그냥 도망갈 수가 없으니 패물까지 몽땅 훔쳐서 갔네유."

지관 박상의는 무릎을 탁 치며 말했지.

"과연 명당이로구나!" _ 당진군 당진읍

6-2. 쓸데없는 짓을 했네

신탄진에 살림이 무척 어당려운 장쇠가 있었어. 장쇠는 돌아가신 아버지를 명당자리에 모시고 싶었지만 여력이 안 됐지.

그 당시 일이대사라는 이름난 지관이 있었어. 왜 일이대사냐고? 귀가 한쪽만 있어서 일이대사一耳大師라고 불렀어. 궁리 끝에 장쇠는 참외 밭에 원두막을 짓고 혹시나 일이대사가 지나갈까 기다렸지. 그러던 어느 여름날 원두막 앞으로 한 스님이 지나가는 거야.

"스님, 날이 참 덥네유. 올라오셔서 참외 하나 잡숫고 가세유."

장쇠는 스님께 참외를 정성껏 대접했지. 마침 점심때라 부인이 밥을 내왔어. 부인은 손님이 있는 것을 보고 장쇠를 원두막 아래로 불러 작은 소리로 말했지.

"여보, 아침 먹고 남은 밥을 한 술 가지고 왔는디, 스님이 계시니 어떡하지유? 지가 어떡하든 쌀을 구해 점심을 해올 테니, 조금만 기다리세유."

부인이 다시 돌아가려 하니 스님이 말했지.

"아주머니, 찬밥이면 어떻습니까? 그냥 한 술 나눠 먹으면 됩니다. 그 마음이 고맙습니다."

스님이 고깔을 벗어 내려놓는데 보니 한쪽 귀가 없어. 장쇠는 반가워하며 물었지.

"아이고, 스님이 혹시 일이대사셔유? 지가 하두 가난해서 아버지 묏자리를 구하지 못해 가지구 아직까지 제대로 모시지 못하구 있어유. 그래서 지가 이곳에서 일이대사님을 기다리고 있었구만유."

"그러십니까? 저도 신세진 것이 있으니 하나 잡아드리지요. 당대발복하는 자리를 쓰시렵니까? 후손이 잘되는 자리를 원하십니까?"

"당대발복을 하나 잡어 주세유."

일이대사는 산 밑으로 가더니 쇠말뚝을 앞뒤로 박아 놓고서 하관 날짜를 정해 주었어.

"여기가 명당입니다. 당신 생애에 오백 석 부자가 될 것입니다."

택일해 준 날에 장사를 지내는데 마침 당대 명지관 박상의가 지나가다 이를 보았어.

"이 묏자리 누가 잡았소?"

"일이대사님이 잡아 주셨지유."

"명당을 잡아 주려면 제대로 잡아줘야지. 이 자리에 묘를 쓰면 대대로 손이 끊겨 양자를 들여야 됩니다."

박상의는 묏자리 방향을 약간 바꿔 주고 길을 떠났지. 그러다 일이대사를 만났어.

"대사님, 남의 묏자리를 잡아 주려면 제대로 잡아 주셔야죠. 왜 그렇게 잡아 주셨습니까? 제가 방향을 약간 틀어 제대로 놓았습니다."

"아이고 이 사람아, 쓸데없는 짓을 했네그려. 그 더운 날 밥을 내온 부인이 죽게 되었으니…."

일이대사는 부인을 살리려고 양자를 두게 한 것인데 박상의는 그걸 모르니 부인은 죽고 새 부인을 얻어 친손을 두게 한 것이지. _ 대덕군 신탄진읍

6-3. 묏자리를 빼앗기다

옛날 정씨 한 분이 계룡면 경천리 하마루에 자리 잡고 살게 되었어. 정씨가 지관 박상의 선생을 보려고 몇 번을 찾아가도 보지 못했지. 정씨가 선생의 소실에게 물었어.

"박상의 선생은 워디 가셨는가?"

"한양 가셨는디유."

"그럼 언제쯤 오시겠는가?"

"메칠 후에 오세유."

그래서 온다는 날 다시 가 보면 또 안 와 있었지. 정씨가 몇 번을 왕래하다가 보니 박상의 소실과 눈이 맞았어.

하루는 박상의가 오랜만에 집에 돌아오니 소실이 물었지.

"아 서방님, 당신두 인제 나이가 이만저만 먹었는디 남의 일만 하러 댕겨서 되겄시유. 당신 돌아가시면 묻을 묏자리는 어따 잡어 놓으셨는지 알려주세유."

"내 신후지지身後之地: 살아 있을 때에 미리 잡아 둔 묏자리는 알 거 없어. 나중에 내가 죽고 나면 큰댁 서방님이 다 알아서 할 테니 걱정 말어."

이러니 소실은 서운하다며 눈물을 흘렸지. 소실이 우는 모습을 보니 박상의는 안쓰러워 종이를 꺼내 지도를 그리고 묘의 위치를 표시해 주었어. 위아래 위치까지 다 그려 주었지.

박상의가 한양에 올라간 사이 정씨가 찾아왔어. 소실은 그 그림을 내어주며 말했어.

"이곳이 남편이 자기 무덤을 쓰려고 봐둔 자리여유. 여기를 알겄슈?"

정씨가 가만 보니 나무하러 다니며 항상 봤던 자리야. 정씨는 얼른 그곳에 무덤 자리를 잡아 놓았지. 이 자리가 무슨 자린가 하면 괘등掛燈이야. 등잔 모양 자리란 것이지. 여기에 무덤을 쓰면 세상을 이롭게 할 큰 인물이 나오는 곳이야.

박상의가 한양에서 내려오다 보니 어떤 놈이 그곳에 무덤을 써놓았지. 박상의가 말했어.

"흥, 저 위 기름구멍은 막고 썼을 테니까, 수천 명이 태어나도 급제 한 놈 못할 것이다."

정씨가 죽은 뒤 후손들이 그곳에 묻으려고 갔어. 무덤 자리를 파보니 사람 머리 놓을 자리 위에서 물방울이 땀방땀방 떨어진

단 말이야. 이것이 기름인 거지. 정씨의 아들이 물었어.

"물이 떨어지는디 어떡합니까?"

"흙이루 좀 막어라."

흙으로 막으니 물이 떨어지지 않았지.

공주군 계룡면에 정씨의 후손은 많아도 큰 벼슬한 사람은 나오지 않았대. 등잔에 기름이 떨어지지 않으니 불을 켤 수가 있나. _ 부여군 석성면/공주군 이인면

6-4. 하관 전에 복을 주는 묏자리

청춘과부 집에서 머슴살이하는 한 총각이 있었어. 이 총각은 아버지가 돌아가셨는데 초분만 해놓고 있었지. 옛날에는 사람이 죽으면 먼저 초분을 해놓고 나중에 옮겨서 묻었어.

하루는 이 총각이 밥을 싸 가지고 산에 나무하러 갔어. 일을 하고 있는데 스님 한 분이 오더니 배가 무척 고프다고 했지. 총각은 자기 밥을 내어주며 말했어.

"지가 밥 싸 가지고 온 것이 있으니 좀 잡수셔유."

스님은 고맙다고 인사하고 맛있게 먹었지. 총각은 반이라도 남겨 줬으면 했는데, 스님이 어찌나 배가 고팠던지 다 먹어 버렸어. 총각도 산에 와서 나무를 한 짐이나 했으니 얼마나 배가 고팠겠어. 밥을 다 먹고 난 스님은 총각의 얼굴을 보자 미안한 생각이 들었어. 스님도 총각의 고마운 마음에 보답하고 싶었지. 이런저런 이야기를 나누다 보니 이 총각이 상제야. 상제는 부모님이나 조부모님이 세상을 떠나 상중에 있는 사람을 말해.

“이거 배가 너무 고파 내 생각만 하고 다 먹었네그려. 밥을 남겼어야 할 텐데. 배가 고파 어떻게 나무를 하겠소?”

“아이구, 별 말씀을 다 하십니다. 지는 괜찮아유. 집이 가서 먹으면 되지유.”

“도령을 보니 총각 같은데, 누가 돌아가셨소?”

“즈이 아버지가 돌아가셨어유.”

“그럼 어디다 묏자리는 썼는가?”

“초분만 했어유.”

“그러면 내가 묏자리 하나 잡아 주고 날도 잡아 줄 테니 그렇게 하겠는가?”

“그저 하겄습니다.”

“그럼 내가 며칟날 올 테니 그렇게 알고 내려가 보시오.”

남의 집 사는 놈이 뭘 하겠어? 집에 돌아온 총각은 주인에게 스님 만난 이야기를 했지. 그러자 주인이 말했어.

“그런 고마운 사람이 어디 있나. 장사 치르는 날 술도 한통 받아 주고 점심도 해 줄 테니 아무 염려 마시오.”

그 날짜가 되자 동네 사람들이 도와주려고 모여 들었지. 하관을 하려고 하는데 스님이 말했어.

“폐백은 가져왔소?”

"아이 폐백이 워딨습니까? 안 가져 왔습니다."

"이 자리는 폐백을 드려야 합니다. 안 드리면 안 됩니다."

그러니 이 총각이 빨리 내려와 주인댁에게 말했지.

"아버님 산소를 지금 모시는디 폐백을 드려야 한다네유. 폐백이라는 것이 색실인디, 지가 폐백이 워디 있습니까? 어떡해야 옳아유?"

"그럼 조금만 기다려라."

주인댁이 색실을 꺼내 주려고 선반 위의 반짇고리를 내리다가 그만 치마가 훌러덩 벗겨지고 말았어. 주인댁은 이런 봉변을 당했으니 얼굴이 빨개졌지. 하지만 주인댁도 청춘이다 보니 총각을 잡아당겼어. 그래 동침을 하게 되었지. 일을 마친 후 폐백을 주면서 주인댁이 말했어.

"저녁에 내가 할 말이 있으니, 거기서 일한 양반들 지관이니 뭐니 전부 데리고 내려오시오."

일을 다 마치고 내려오니 주인이 말했어.

"젊은 사람들은 부를 것 없고, 이 근처 노인네들 모두 오시라고 하세요."

하인을 시켜 멍석 펴고, 저녁상과 술상까지 모두 차려놓았지. 주인댁이 노인들에게 술을 부어주며 말했어.

"오늘 우리 집에 사는 이 양반하고 나하고 백년해로를 하기로 했어요. 지가 술 한잔씩 따러 드릴 테니 흉으로 보지 마셔요. 이 양반이 폐백으로 색실을 찾길래 그것을 내려주다 지 치마가 훌러덩 벗어졌어요. 이렇게 망신을 당했는데, 지두 청춘이구 또 우리 집 저 사람두 아직 총각이잖아요. 그래 혼인하기로 했어요. 그러니까 이걸 흉으로 보지 마셔요. 어르신들 많이 잡수시요."

그러니 여기 모인 마을 사람들이 모두 잘했다고 했지. 이를 지켜보던 스님은 무릎을 탁 치며 말했어.

"그렇지. 오시하관午時下棺 사시발복巳時發福, 오시(오전 11시 반~오후 1시 반) 하관 전 사시(오전 9시 반~오전 11시 반)에 복을 받는다는 뜻이란 말이 딱 이 경우구먼. 묏자리 쓰기 전에 복 받는다는 게 이런 것이지." _공주군 의당면

6-5. 죽은 이도 아들을 보는 묏자리

옛날 진사를 지낸 분이 있었는데 8대 독자였어. 이 진사 양반에겐 열세 살 먹은 아들이 하나 있었지. 아들이 이제 나이가 차서 장가를 보내려고 했는데 갑자기 죽고 말았어. 그때만 해도 열세 살 정도면 장가를 보냈었지. 손이 끊기고 나니 한없이 비감스러워 진사 양반은 아들 무덤에 가서 매일 울었어.

그날도 저녁이 어스름해질 때까지 진사 양반은 아들 무덤을 하염없이 쳐다보고 있었지. 그런데 뒤에서 웬 말소리가 들리는 거야. 진사 양반이 돌아보니 한 스님이 서 있었어.

"진사님, 그게 운다고 됩니까? 소승의 말씀을 들어 보세요. 아무 디 아무 날 아무 시에, 자제를 소승이 일러주는 곳으로 이장을 하세요. 그러면 불과 얼마 안 가서 손자를 보실 겁니다. 그 자리가 사자유손지혈死子遺孫之穴인데, 죽은 아들에게서 손자를 보는 혈입니다. 그러니 꼭 거기다가 이장을 하십시오."

"노승은 워디 사시는 분입니까?"

"소승은 강원도에 사는 장천사張天師라 합니다. 폐백은 어린애가 짜박짜박 걸어 다닐 때 받으러 오겠습니다."

스님은 이 말을 남기고 홀연히 사라졌어. 진사가 스님이 말해준 곳을 찾아가 보니 길가의 평평한 곳이거든. 진사는 집으로 돌아와 밤낮으로 생각했지. 한번 무덤을 옮겨 보는 것이 옳은 일인지, 그냥 두어야 옳은 일인지. 몇날 며칠을 고민한 진사는 결심했어.

'아주 손이 끊기게 되었으니, 한번 옮겨나 보자.'

진사는 사람을 시켜서 아들의 무덤을 길가 옆으로 옮겼어.

이장을 하고 얼마 지나지 않아 고을 원님이 새로 부임하게 되었어. 원님과 함께 과년한 딸이 같이 오게 되었지. 딸은 배가 아파 가마를 멈추게 했어. 딸의 가마가 멈추니 원님이 물었지.

"왜 그러느냐?"

"대변이 금방 나오려 해요. 대변을 봐야겄어요."

가마에서 내려 주위를 살펴보니 평지만 있고 같이 가던 종들도 있고 하니 어떻게 할 도리가 없어. 그때 길 바로 옆에 새로 쓴 무덤 하나가 보였어. 딸은 거기에 몸을 숨기고 쪼그리고 앉아 대변을 봤지. 그런데 웬 청동자 하나가 무덤에서 털푸덕 나오더니 접촉을 해 버렸어. 그러고 나서 청동자가 말했어.

"야중이나중에 신표信標를 다시 헐 도리는 없구 이걸 가지구 가시오."

정신을 차려보니 조금 전 일이 꿈만 같았어. 하지만 손에는 청동자가 준 칼이 쥐어져 있었지. 가마에 올라타 자세히 살펴보니 그 칼엔 '소상반죽'瀟湘斑竹이라고 써 있어. 이 칼은 진사 집안의 몇 대조 할아버지께서 임금님께 상으로 받은 것이었지. 집안 대대로 내려오던 보물이었는데 아들이 죽어 손이 끊기게 되었으니 아들과 함께 묻었던 거야.

원님의 딸이 집에 도착하여 며칠이 지나자 태기가 있어. 원님은 깜짝 놀라 딸을 불러 물었지.

"이게 어찌 된 일이냐?"

"아버지, 절대 그런 일이 읎었습니다. 전에 이곳으로 올 때 똥이 마려워 길가 새로 쓴 무덤 뒤에서 볼일을 보지 않았습니까. 그때 청동자와 동품하는 꿈을 꾸었습니다. 그리고 그 동자가 신표라며 이 칼을 주었습니다. 그것밖에는 읎습니다."

원님은 동네로 가서 사정을 알아보았어. 진사댁에서 9대 독자 아들이 죽으니 그 아들의 자손을 보려고 그곳에 묻었다는 거야. 신표로 준 칼을 진사 양반에게 보여 주니 자기가 묻어 준 것이 맞다고 했지. 원님은 할 수 없이 딸을 진사댁으로 보냈어. 딸은 열 달 뒤 아들을 낳았어. 딸은 신랑 얼굴도 모른 채 아이를 키우며 시부모님을 모시고 살려니 죽을 노릇이야.

아이가 짜박짜박 걸어 다닐 때쯤 한 스님이 찾아왔어. 이 스님은 아이를 보자 진사댁에 손자가 생긴 것을 단번에 알았지. 진사 양반이 스님에게 음식을 후하게 대접했어. 며느리는 무덤 자리를 알려 준 사람이 이 스님이라는 것을 눈치 챘지. 시어른들이 잠시 자리를 비운 사이 며느리가 스님에게 물었어.

"스님, 사자유손지혈이 또 있습니까?"

"한 군데는 진사댁에서 쓰구, 딱 한 군데 남았습니다."

이 말을 들은 며느리는

"내나 고생을 하지 다른 사람도 나같이 고생하게 할 수 없소."

하며 스님의 눈에 재를 뿌려 다시는 앞을 보지 못하게 했대. _ 보령군 오천면/보령군 의당면

6-6. 명당이 명당이 되려면

옛날 유구마을에 장성한 아들 삼형제가 살았어. 어느 날 아버지가 병이 들었는데, 차차 위중해져 돌아가실 때가 되었지. 부인과 아들들이 모두 아버지 옆에 죽 앉아 지켜보았어. 하루가 지나고 이틀이 지나고 아버지는 유언을 해야겠는데 부인이 같이 있으니 유언을 못했지. 아버지가 작은 소리로 말했어.

"느희 어머니 저 건넌방에 다녀오시라구 해라."

"왜요? 어머니 계시면 안 돼요?"

"아니. 느 어머니 건넌방에 다녀오시라구 해라."

부인이 옆에 있는데 자꾸 나가라고 하니 괘씸하거든.

"저 늙은이를 메칠 병구완을 해주었는디, 다 소용없네 그려."

부인은 화가 나서 화다닥 문을 열고 밖으로 나왔지. 부인이 생각해 보니 너무 분하거든. '요놈의 늙은이가 아들덜한테 메라구 하나' 귀 기울여 들었지.

아버지가 나지막한 소리로 말했어.

"내일 밤 열두시에 내가 운명을 할 텡깨 너희는 쥐도 개도 모르게 동구동네 시암샘이다가 나를 넣어라. 시암을 파구 시암물이 마르면 거기 함이 하나 있을테니깨 그 뚜껑을 열고 나를 그 속에 넣어라."

아들들에게 하는 소리를 부인이 들었지. 부인은 속으로 생각했어.

'요놈의 늙은이가 고렇게 한단 말이지.'

부인은 속으로 욕을 하며 건넌방으로 들어갔어.

정말 다음 날 밤 12시가 되니 아버지가 돌아가셨어. 아들들은 아버지의 유언대로 샘물을 다 퍼내고 함을 열었지. 그 함에 아버지를 넣고 방으로 돌아왔어. 그러고는 가짜 상여를 만들고 가짜 시체를 만들었어. 아들들은 동네 사람들에게 아버지가 돌아가셨다고 알렸지. 어머니는 아들들이 꼴도 보기 싫었어.

'고놈으 새끼덜이 지 애비는 시암이다 쳐놓구 아이구 지구 하고 있네.'

어머니는 아들들이 곡하는 소리가 너무 듣기 힘들었지만 그래도 참았어. 동네 사람들과 함께 가짜 상여를 메고 산에 가서 장사를 지냈지.

일주일쯤 지났을까. 어머니와 아들들 사이에 싸움이 났어. 어머니가 큰소리로 말했지.

"이 고얀 눔덜아. 니 애비 죽여서 동구 시암에다 갖다 넣구 무슨 할 말이 있느냐?"

동네 사람들도 이 소리를 들었어. 사람들이 모두 모여 샘물을 품어 내고 보니 정말 함이 들어 있어. 서둘러 그 함을 열어 보니 아버지가 용이 되어 하늘로 올라가려고 일어섰다가 못 올라가게 되어 눈물을 철철 흘리며 탄식을 하고 있더래. _ 공주군 유구면

6-7. 황소 대신 송아지, 정승 대신 참판 자리

하루는 당진에 사는 지리박사에게 묏자리를 봐 달라고 한양에서 사람이 찾아왔어.

"폐백은 서운하지 않게 황소 한 마리 드릴 테니 정승 날 자리 하나 잡아 주세요."

형편도 어려워 보이는 사람이 이렇게 얘기를 하니 지리박사는 며칠 동안 산을 돌아다니며 성심껏 묏자리를 잡아 주었지. 그런데 뒤에서 사람들이 소곤거리는 소리가 들렸어.

"지리박사 폐백은 어떻게 할라구 그래유?"

"황소 한 마리 줘야지."

"황소는 너무 비싸유. 송아지 한 마리만 줘두 되지 않겠어유."

지리박사가 가만히 들어보니 괘씸하거든. 정승 날 자리를 며칠 더듬어서 잡아 주니 폐백 값을 깎으려 했지. 지리박사는 속이 틀렸지. 그래서 묏자리를 살짝 비켜서 알려 주었어. 지리박사가 송아지 한 마리를 끌고 오니 동네 어른들이 물어보았어.

"폐백 많이 받았어?"

"참판 자리 끌고 옵니다."

"워째 참판여? 원래 정승 자리 잡아 준다 안했어?"

"폐백을 황소 한 마리 준다고 했다가 송아지 한 마리 줘서 괘씸해서 그랬슈."

그 자리에 묘를 쓴 후손들은 정승은 못하고 참판만 했다지. 나중에 이 지리박사는 정승 날 자리라고 잡아 줬는데 참판밖에 못한다고 소문이 나서 손님이 뚝 끊겼대. 그래서 지리박사는 굶어 죽었지. 하지만 송아지 한 마리로 참판까지 한 것도 대단하지 뭐._ 당진군 정미면

6-8. 소 코 끝에 쓴 무덤

옛날 도선스님이 공주公州를 지나가게 되었어. 하루는 금강을 건너다 보니 명당 하나가 눈에 띄었지. 그곳이 정말 명당인지 확인하려고 이쪽 산으로 올라가 내려다보고, 또 강을 건너 저쪽 산으로 올라가 내려다보고… 이렇게 강을 여러 번 건너며 명당자리를 확인했어. 그런데 스님이 돈이 어디 있어서 뱃삯을 냈겠어? 강을 건널 때마다 뱃사공이 뱃삯도 받지 않고 태워 주었지. 이렇게 돈 한 푼 안 내고 여러 번 왔다 갔다 해도 뱃사공은 얼굴 한번 찌푸리지 않았어. 건너 달라면 건너 주고, 또 건너 달라면 다시 건너 주었지.

스님은 이 명당자리를 누구에게 알려 줄까 생각하다 뱃사공이 떠올랐어. 아무런 불평 없이 자신을 건너 준 뱃사공에게 고마웠던 거지. 스님이 사공에게 말했어.

"여기다 무덤을 쓰고 한 십 년이 지나면 사공 노릇도 않고 편안히 살 수 있을 게야."

이 말씀을 남기고 도선스님은 떠났지.

십 년 후 스님은 그 사공이 어찌 사나 궁금했어. 그래서 다시 마을로 찾아와 사람들에게 물어보았지.

"그전에 이 나루에서 사공 하던 사람은 지금 어떻게 삽니까?"

"그 어떤 중놈이 명당이라고 알려줘서 그곳에 무덤을 쓰고 난 후론 깨딱하면 물에 빠져 죽을 뻔하구, 깨딱하면 물에 빠져 죽을 뻔하구. 지금 살기가 형편 읎어유."

스님이 이 말을 듣고 보니 아차 싶거든. 그래 스님은 자리를 확인하기 위해 다른 곳으로 올라가 묏자리를 내려다보았어. 아차, 황우도강黃牛渡江격이야. 소가 강물을 건너는 격이지. 그 묏자리는 소의 코끝에 해당했지. 그러니 강물이 출렁하면 위로 올라오고, 출렁하면 위로 올라오고 해서 물에 빠져 죽다 살아나는 자리야.

"아하, 내 잘못 봤구나."

도선스님은 사공을 찾아가서 사과를 하고, 다른 명당자리를 알려주었어. 그후 사공의 집안에선 정승도 여럿 나왔대. _ 공주군 이인면

6-9. 명당이 따로 있나

보령에 살던 사람 이야기야. 이 사람의 어머니가 많이 편찮으셨어. 그러자 동네 어른들이 말했지.

"저 건너 마을에 가면 용한 의원이 있다고 하네. 거기 가서 약 좀 지어다 드리게."

아들은 약을 지으러 의원을 찾아갔어. 그런데 그 의사 양반이 건을 쓰고 있는 거야. 상주란 말이지. 그래서 아들은 약을 안 짓고 그냥 돌아왔어. 그러자 동네 어른들이 물었지.

"자네 왜 약을 안 짓고 그냥 돌아왔는가?"

"명의면 왜 제 어머니를 못 살렸겠소? 그 집두 어머니가 죽었습디다."

며칠이 지나자 어머니는 약 한 첩 쓰지 못하고 돌아가셨어. 동네 어른들이 보니 하는 게 참 괘씸하거든. 어른들이 말했지.

"저 아랫마을에 가면 지관 양반이 계시니 그분에게 좋은 묏자리 하나 잡아 달라고 하게."

아들이 그곳을 찾아가 보니 담도 없는 허름한 집이야. 그래서 또 그냥 돌아왔어.

"왜 그냥 왔는가?"

"그가 명지관이면 어찌 그리 가난하게 산답디까? 나보담두 더 못 살아유."

"아, 그럼 자네가 알아서 어머니를 묻으라."

아들은 어머니를 묶어서 지게에 짊어지고 산꼭대기로 올라갔어. 아들은 어머니를 냅다 굴리며,

"걸리는 게 자기 자리!"

라고 소리쳤어. 어머니는 데굴데굴 굴러가다 망개나무 넝쿨에 걸려 멈췄지. 아들은 그 자리를 파고 어머니를 묻었어. 나중에 이 아들이 더 잘되었다지. _ 보령군 주포면

7부

삶 속에 깃들어 있는 도깨비와 동물

7-1. 도깨비 말을 엿듣고 부자가 된 만득이

도깨비 말을 엿들은 만득이

옛날 어느 마을에 동냥아치 만득이가 살았어. 그런데 그 이웃에 만득이와 비슷한 처지의 한 아이가 있었어. 그 아이는 좀 게을렀지. 같이 동냥을 하러 가면 게으른 아이는 양지쪽에 누워서 하루 종일 낮잠만 잤지. 만득이는 이 동네 저 동네 돌아다니며 동냥을 했어. 동냥자루를 가득 채워 와서 보니 게으름뱅이는 아직도 자고 있어. 만득이가 그 아이를 깨우며 말했지.

"너 왜 동냥 안 하구 이르케 잠만 자느냐?"

게으름뱅이가 일어나 보니 만득이 동냥자루가 눈에 띄었어. 아주 불룩했지. 욕심이 난 게으름뱅이가 말했어.

"야, 날도 따뜻하고 하니 내가 머리 이 잡아 줄게. 엎드리라."

하루 종일 돌아다녀 피곤했던 만득이는 곧 잠이 들었지. 원래 이를 잡아 주면 졸음이 잘 오거든. 만득이가 잠이 든 걸 확인한

게으름뱅이는 슬그머니 동냥자루를 들고 가 버렸어.

얼마나 잤을까. 만득이가 잠에서 깨어 보니 하늘에 별이 총총 떠있어. 주변을 이리저리 살펴보아도 자기 동냥자루가 보이지 않아.

"아이구, 이눔이 가져갔구먼."

속이 상했지만 어쩔 도리가 있나. 만득이가 터덜터덜 돌아오는데 다 쓰러져 가는 흉가가 하나 보였어. 밤이 늦었으니 그곳에서 자고 가려고 들어갔지. 막 누우려는데 밖에서 시끄러운 소리가 났어. 가만히 살펴보니 도깨비들이야. 얼른 다락으로 올라가 숨었지. 도깨비가 말했어.

"얘들아, 사람들은 참 미련하다. 그치?"

"왜?"

"재 너머 김장자집 있잖냐? 그 딸이 지금 앓구 있잖어."

"그렇지."

"별짓을 다 해두 못 고치잖냐? 그런 병은 세상에 약두 없는 병이여!"

"워짜다 그런 병에 걸린 겨?"

"그 집 뒤꼍에 배나무 하나 있잖냐? 그 밑에 커다란 돌이 있는디, 그 아래 큰 지렝이가 하나 있어. 그런데 그 처녀가 사뭇 거기다 오줌을 누네. 그렁께 그 독이 올라가지구 처녀가 지금 앓고 있는겨. 아마 짚동같이 부어 가지구선 메칠 안 있으믄 죽을 겨."

"그럼 아무 방도가 읎는겨?"

"왜 읎어? 있지. 그 돌을 캐 내구 장작을 갖다 쟁이구서쌓아서 거기다 불을 풀썩 지르면 되야. 뜨거우면 지렝이도 꾸불텅 꾸불텅 하구, 그 새악시색시두 꾸불텅 꾸불텅하며 야단을 칠 거여. 그러믄 지렝이는 타 죽고, 새악시는 살아날 거 아녀? 그것도 모르고 만날 약만 쓰니 미련하지 미련햐."

만득이는 귀를 쫑긋 세우고 도깨비들의 말을 잘 들었어.

이번엔 또 다른 도깨비가 나서며 말을 했지.

"사람들이 숭맥숙맥은 숭맥여. 저기 안뜰에 가면 지금 비가 안 와서 모두 못 심구, 못자리가 죄다 말라 붙구 야단여."

"거도 뭔 방도가 있는겨?"

"거기 안뜰 마을 넓은 들에 둥구나무가 있는디, 그놈을 벼베어 재끼구 뿌랭이를 캐면 거기서 짚동 같은 물이 솟을겨. 그러믄 들판에 전부 모를 심을 낀디, 그것두 모르구 둥구나무 밑이 앉아서 비 안 온다구 한탄들만 하구 있으니, 그거 숭맥 아니냐?"

이때 다락 위에 숨어 있던 만득이는 배가 무척 고팠어. 주머니에 있던 개암을 하나 꺼내 딱 깨물었지. 그 소리를 듣고 깜짝 놀란 도깨비들은 "아이쿠, 대들보가 부러진다" 하며 모두 달아났어.

부자가 된 만득이

날이 밝자 만득이는 김장자 집을 찾아갔어. 만득이가 대문을 두드리며 소리쳤지.

"지금 이 집 아씨가 아프지유? 내가 보믄 고칠 수가 있을 텡께 쥔한티주인한테 가서 얘기 좀 허시유."

이상하게 여긴 하인이 주인에게 이야기를 전했어. 주인은 긴가민가했지만 급한 마음에 들어오라고 했지. 만득이가 보니까 정말 아씨가 짚동같이 부어서 곧 죽게 생겼거든.

"지가 이 병을 고쳐 드릴 테니깨, 저를 사위 삼을랍니까?"

"너 못 고치믄 어뜩할래?"

"못 고치믄 지 목숨을 바칠랍니다."

"그래? 그럼 그렇게 해봐라."

"이 댁 뒤꼍에 배나무 하나 있쥬? 그 밑에 있는 커다란 돌을 캐구서 장작을 한 십여 짐 갖다 놓구 불을 지르슈. 그러면 살릴 깁니다."

하인들이 만득이의 말대로 괭이로 돌을 파내고 장작을 쌓고 불을 질렀어. 그러자 웬 큰 지렁이가 꾸불텅거리며 괴로워하는 거야. 그때 누워 있던 색시도 꾸불텅 꾸불텅하며 몸부림을 쳤어. 지렁이가 완전히 타 죽자 색시도 붓기가 싹 빠지고 병이 다 나았지. 그래 할 수 없이 김장자는 만득이를 사위로 삼았대.

새신랑이 된 만득이는 어느 날 아침 안뜰로 가 보았어. 둥구나무 밑에서 마을 사람들이 모여 비가 오지 않는다고 한 걱정을 하고 있었어.

"여보쇼들. 왜 그렇게 한탄만 하고 앉았소? 동네 사람들 모두 나오라고 해서 이 둥구나무를 캐 버리쇼. 그라믄 물이 콸콸 솟을 깁니다."

"별 미친 눔 다 봤네. 이 나무가 어떤 나무인데 비라고(베라고) 하다니…. 야 이눔아, 이 나무는 동네 수호신이여!"

"이 둥구나무를 캐서 물이 안 나오믄 나를 죽이소. 대신 물이 나오면 나한테 물세를 내는 거유!"

마을 사람들이 둥구나무를 베고 뿌리를 캐 내니 정말로 물줄기가 콸콸 솟았지. 그 물이 온 동네 들판을 다 적셔 한 집도 빼지 않고 전부 모를 심을 수 있었어. 만득이는 물세 받은 것이 몇 천 냥이 되어 고대광실 같은 집을 짓고 잘살았대.

그럼 그 게으름뱅이는 어떻게 되었을까? 게으름뱅이는 그때까지도 동냥을 하러 다녔지. 어느 날 동냥아치가 왔는데, 바로 만득이의 동냥자루를 훔쳐 간 놈이야. 만득이가 게으름뱅이를 불렀어.

"너 나 몰라 보겠니?"

"몰라 보겄습니다."

“내가 만득이다. 너 내 머리에 이 잡어 준다구 하구선 내 동냥자루 가져간 눔 아니냐?”

깜짝 놀란 게으름뱅이는 만득이에게 어떻게 부자가 되었냐고 물었어. 만득이는 사실 얘기를 해주었지. 그러자 게으름뱅이도 개암을 가지고 그 흉가를 찾아갔어. 다락에 올라가서 밤이 되기를 기다리자, 도깨비들이 우르르 몰려오는 거야. 도깨비들이 한참 이야기를 할 때 게으름뱅이도 만득이처럼 개암을 냅다 깨물었지.

“저번에두 워떤 놈이 와서루 우리 말을 엿듣고 가더니, 또 워떤 놈이 왔구나.”

화가 난 도깨비들은 집안을 구석구석 뒤져서 다락에 숨어 있던 게으름뱅이를 찾아냈지. 그러고는 도깨비 방망이로 “이눔 죽어라!” 하고 두들겨 패서 게으름뱅이는 그만 죽고 말았대. _ 대덕군 신탄진읍

7-2. 심술쟁이 도깨비

하루는 농부가 아침 일찍 논에 나가 보니 도깨비가 있어. 그 도깨비가 씨름을 하자고 했지. 도깨비랑 씨름을 할 때는 왼쪽 다리를 감아야 넘어가지, 오른쪽 다리를 감아서는 절대 이기지 못해. 도깨비랑 씨름이 붙은 농부는 왼쪽 다리를 감아서 도깨비를 넘어뜨렸어.

농부가 말했지.

"야 이눔아, 씨름두 좋지만 늬 애비 빚이나 좀 갚아라!"

"울 아부지가 빚졌시유?"

"그래 늬 아부지가 돈 많이 갓다 썼다. 그러고선 죽었나 살었나 보두 못했다."

"그리유. 지가 다 갚을게유."

그날 밤 도깨비가 돈을 많이 갖다 주어 농부는 큰 부자가 되었어.

그후로도 도깨비는 매일 놀러오면서 가끔 메밀묵을 해달라고 했지. 도깨비들은 메밀묵을 참 좋아하거든. 농부는 처음엔 부자가 되게 해준 도깨비에게 고마워 메밀묵을 해주었어. 하지만 점점 시간이 지나자 도깨비가 놀러오는 것이 귀찮아졌지. 어떻게 하면 도깨비를 못 오게 할까 궁리하던 농부는 도깨비에게 물었어.

"너는 젤 무서운 게 뭐냐?"

"아! 우리 도깨비들은 백마피를 제일 무서워 하지유. 백마피만 있으면 근처에두 못 가유."

이 말을 듣고 농부는 백마피를 구해 도깨비가 오는 길에 뿌려 놓았지. 그날 저녁도 평소와 같이 놀러오던 도깨비는 백마피를 보고 '앗, 뜨거라!' 하고 도망갔어.

도깨비가 가만히 생각해 보니 농부의 행실이 괘씸하거든.

"내가 돈두 많이 갖다 줘서 부자가 됐는디. 나를 떠 내버린단 말여?"

화가 난 도깨비는 농부의 논에 자갈을 잔뜩 퍼다 부었어. 아침에 농부가 논에 가 보니 도깨비가 조화를 부려 놓았거든. 자갈을 다 치우려면 한이 없겠어. 그런데 한쪽 구석에 개똥 한 덩이가 보이는 거야. 농부는 꾀를 냈지.

"줄라면 자갈이나 좀 더 주지, 이놈의 똥까지 줬어!"

그러면서 똥을 뚝 떼어 던졌지. 이 소리를 들은 도깨비는 그 날 밤 자갈을 모두 없애 버리고 개똥을 잔뜩 갖다 놓았어. 농부는 신이 나서 그 논을 갈아엎고 모를 심었지. 그해 농사는 풍년이야 풍년. 도깨비가 가만히 지켜보니 농부가 점점 더 부자가 되어 가거든.

"에이, 이 땅을 떼어 가야겠구먼."

하면서 네 귀퉁이에 말뚝을 박고 "영차, 영차" 힘을 썼지만 어디 땅이 떨어지는 건가.

그래서 농부는 부자로 잘살았대. _ 대덕군 구즉면

7-3. 착한 머슴 VS 나쁜 머슴

착한 머슴, 꼬임에 넘어가다

옛날 어느 마을에 김가와 최가가 살았어. 둘 다 조실부모하여 머슴살이를 했지. 사정이 엇비슷하니 둘은 서로 형님동생 하며 지냈어. 최가는 형님이고, 김가는 동생이었지. 그런데 최가는 일 년치 머슴 새경을 받으면 노름으로 다 날려 먹었지만, 김가는 차곡차곡 모아 놓았어.

어느 날 김가의 돈이 탐이 난 최가는 그 돈을 빼앗으려고 꾀를 냈어.

"얘, 김가야. 저 너머 동네 가서 머슴 살으면 일 년에 월마씩 더 받는다더라. 그러니께 우리 그리 가자."

처음엔 듣지 않던 김가도 자꾸 이야기를 하니 그러자고 했지. 둘은 지금까지 받은 새경을 모두 짊어지고 길을 떠났어. 한참 가다 보니 힘이 들었어.

김가가 말했어.

"성님, 여기서 좀 쉬었다 가유."

"그럼 그러자. 아이구 졸리네! 쉬는 김에 한숨 자야겄다."

최가가 자는 척하며 누워 있으니, 김가도 옆에서 잠이 들었지. 잠시 후 최가는 김가의 양쪽 눈을 빼 버리고 돈을 훔쳐 도망갔어. 무일푼에 눈까지 먼 김가는 더듬더듬 길을 찾아가다 버려진 절에 들어가게 되었지. 김가는 마루 밑으로 들어가 잠을 잤어. 한밤중이 되자 도깨비들이 우당탕탕 몰려왔지. 도깨비들이 말했어.

"성님, 사람이 몰짱 몰라서 못 살어유. 눈 먼 사람은 저 담 밑이 물을 떠다 씻구 난 뒤 버드나무 잎을 눈동자마냥 잘라서 눈에다 넣으면 다 낫는디, 그걸 모르구 소경돼서 돌아댕기유."

조금 있다 다른 도깨비가 말을 했어.

"사람이 몰짱 몰라서 못 살어유. 이 절 부엌 이맛돌아궁이 위 앞에 가로로 걸쳐 놓은 긴 돌이 다 금뎅인디 그걸 몰라서 못 가져가네유."

다른 도깨비가 또 얘기를 했어.

"저 아랫마을에 스무 살쯤 되는 김정승 딸이 시방지금 병이 나서 죽을라구 하는디 아무리 용한 의원이 와도 못 고쳐유. 그거 지네가 용마름초가 지붕마루에 덮는 시옷자형으로 엮은 이엉 밑구녁이서 농간을 해서 그 새악시를 죽이는 건디, 그걸 몰라서 못 고쳐유."

"그럼 어떡해야 되는디?"

"사다리 놓구 올라가서 용마름을 떠들어 보면 큰 지네가 있어유. 피마자기름 세 동이를 큰 가마솥에 끓이구서, 쇠 집게로 지네 대가리 하나 쥐구, 가운데 하나 쥐구, 꽁댕이 하나 쥐구 내려와서 끓는 피마자기름에 담그면 대번 그 새악시가 낫는디 그걸 몰러유."

도깨비들이 이런저런 이야기를 하다 날이 새니까 모두 가 버렸어.

나쁜 머슴, 도깨비에게 벌 받다

도깨비들이 모두 가고 난 뒤 김가가 더듬더듬 담 밑을 찾아가 보니 정말 물이 있어. 그 물을 손으로 떠서 눈을 씻고 또 씻었지. 그리고 더듬더듬 주변을 살피니 버드나무 잎이 손에 잡혔어. 그것을 물로 깨끗이 씻어 동그랗게 잘라 눈 속에 넣으니 정말 앞이 훤히 보였지.

눈을 뜨자 김가는 몹시 배가 고파졌어. 간밤에 도깨비들이 한 말도 생각났지. 김가는 밥도 얻어먹을 겸 아랫마을 김정승 댁을 찾아갔어. 문 앞에 서서 지켜보니 정말 의원들이 들락날락하는 거야. 김가는 큰 소리로 말했지.

"밥 좀 한 숟가락 주시유."

문지기가 놀라 달려 나와 말했지.

“밥이구 뭐이구 이 집은 우환 때민에 시방 정신이 읎으니깨 다른 디나 가 보시유.”

“우환 걱정 마시유. 내가 고쳐 드릴 테니깨.”

문지기는 김정승에게 가서 김가의 말을 전했어. 김정승은 급한 마음에 김가를 안으로 들였지.

“우리 딸이 큰 병이 났는디 워트게든 고쳐만 준다면 내 자네를 사위로 삼겠네.”

“걱정 없이유. 큰 솥을 갖다 저 마당에다 걸구 피마자지름 시세 동이를 붓고 끓이세유. 그 다음 동네 사람들을 풀어 가지구서 지붕을 채곡채곡 걷어 내리세유. 맨 나중이 용마루를 떠들어 보세유.”

김정승은 하라는 대로 다 했지. 용마루를 떠들어 보니 도깨비 말대로 빨갛고 커다란 지네가 있어.

“쇠 집게 세 개로 대가리, 몸통, 꽁댕이를 하나씩 쥐구 내려와유. 그 대가리를 피마자지름이다 담구세유.”

끓는 피마자기름에서 지네가 팔딱팔딱 뛰자 김정승 딸도 팔딱팔딱 뛰었어. 지네가 죽으면서 잠잠해지자 김정승 딸도 병이 깨끗이 나았어. 그래서 김가는 김정승의 사위가 되었어.

며칠 후 김가는 버려진 절로 다시 찾아가서 금으로 된 이맛돌을 빼다 팔아 큰 부자가 되었어.

그후 몇 년이 지났을까. 밖에 웬 사람이 동냥을 왔는데 가만 보니 자기 눈을 뺀 최가놈인 거야. 김씨가 말했지.

"이리 들어와유."

최가는 김가를 알아보고 도망가려고 했어.

"아녀유. 죽이지 않을 테니깨 일루 들어와유."

김가가 자꾸 권하니 최가는 들어와서 밥을 배불리 먹었지.

"성님, 그렇게 동냥이나 댕기지 말구, 내 세간살이나 좀 잘 보살펴 주구 같이 지내유."

하지만 제 버릇 개 못 주는 법. 며칠 동안 김가네 집에서 잘 지내던 최가는 궁금해서 좀이 쑤셨어. 김가에게 넌지시 물어보았지. 어떻게 해서 이렇게 큰 부자가 되었냐고. 김가는 그동안의 일을 들려주었어.

다음 날 최가는 자기 눈을 손가락으로 빼 버리고 그 절을 찾아갔어. 과연 한밤중이 되니 도깨비들이 나타났어.

"우리 얘기나 좀 허구 가세."

"성님, 그런 얘기헐 거 읎어유. 어느 날 저녁엔가 우리끼리 하는 얘기를 듣고 어떤 눔이 이맷돌 몰짱 빼가구, 아랫집 김정승 딸 고치구서 장가들구, 그랬잖아유."

"야! 그러면 저 마루 밑구녕을 말짱 더듬어 봐라."

최가는 큰일 났다 싶어 바짝 엎드렸지. 하지만 도깨비들은 금방 최가를 찾아냈어.

"아, 이눔이구먼!"

도깨비들이 최가를 끌어냈지.

"저 아랫마을 넓은 강가 다리가 무너져서 사람이 못 댕기더라. 그러니께 이눔을 늘려 다리나 좀 잘 놓아 보자."

"한 발 늘어나라 뚝딱, 두 발 늘어나라 뚝딱."

도깨비들은 최가를 잔뜩 늘려서 다리를 놓았지.

"다리 한번 참 잘 놨다."

도깨비들이 담배 먹다 담뱃대를 다리에 토옥톡 두드리니 무너져 버렸대. _ 보령군 대천읍

7-4. 가왕신을 내쫓다

옛날 어느 부잣집에 머슴이 살았어. 그 집 사랑채 부엌에는 커다란 여물 솥이 있었지. 어느 날 머슴이 보니 사랑 부엌 선반 위에 먼지가 뽀얗게 앉은 단지 하나가 있었어. 머슴은 바가지로 소여물을 푸다 말고 뜨거운 여물 국물을 조금 퍼서 단지 위에다 끼얹으며 말했지.

"이 빌어먹을 단지가 뭔가?"

그 다음부터 머슴은 심심할 때마다 뜨거운 여물 국물을 단지에 조금씩 부었어. 하도 오래된 물건 같으니 감히 함부로 건드리지는 못하고 뜨거운 국물만 끼얹었단 말이야. 여러 날이 지나고 보니, 뜨거운 여물 국물을 그 단지에 끼얹을 때마다 주인 식구 중 누구 하나가 꼭 병이 나는 거야. 그럴 때마다 부잣집 마나님은 떡을 해놓고 빌었어. 처음엔 자기도 몰랐는데 떡 먹은 날짜를 가만히 따져보니, 그때가 딱 그때인 거야.

머슴이 생각했어.

'야, 요것 참 좋은 일 하나 생겼다.'

그후로 이 머슴이 떡만 먹고 싶으면 뜨거운 국물을 그 단지에 끼얹었어. 머슴은 욕심이 점점 커졌어. 이왕이면 떡을 크게 먹고 싶었던 거야. 병이 크게 나면 떡도 많이 할 거라고 생각했지. 그래서 이번엔 단단히 마음을 먹고 펄펄 끓는 여물을 한 바가지 가득 퍼서 단지에 부으려고 했어. 그때 갑자기 웬 허연 것이 나타났어.

"에잇, 이 빌어먹을 놈 때문에 이 집서 더는 못 살겠다. 나가야겠다."

그러면서 사랑문으로 그 허연 것이 구름 날아가듯 없어지더래. 예전엔 집집마다 가왕신이 집을 지켜 주었는데 이 미련한 머슴 놈이 그만 가왕신을 내쫓은 거지. _ 당진군 당진읍

7-5. '머리깎이고랑'에 얽힌 사연

옛날 부여군 어느 산에 '머리깎이고랑'이 있었어. 누구든지 이곳에 가면 머리를 깎고 온다고 해서 붙여진 이름이지. 예전엔 스님이 아니면 머리를 깎지 않았어. 총각 때는 머리를 땋고, 어른이 되면 상투를 틀었으니 말이야. 그런데 누구든지 이 산고랑에만 들어가면 머리를 깎고 나오는 거야. 그래서 사람들은 머리깎이고랑에 가는 것을 꺼려했지.

이 머리깎이고랑 아랫동네에 담력도 세고, 힘도 세고, 고집도 센 장사가 있었어.

"어떤 바보 같은 놈덜이 여수여우한티 홀려가지구 머리를 깎구 온단 말이냐. 내가 가서 그놈의 여수를 잡든지 구정결판을 내야겠다."

머리깎이고랑에 가 보니 나무가 울창해서, 대낮인데도 어둑어둑하니 밤 같았지. 숲속을 가만히 살펴보는데, 여우 한 마리가 재주를 홀딱홀딱 넘더니 예쁜 여자가 되었어. 이 여자가 다 떨어진 짚신 하나를 옹달샘에 넣었다 뺐다를 몇 번 하니 갓난아기가 되었지. 여자는 아기를 업고 산을 내려갔어.

장사는 '저게 불여순디 내가 저놈의 여수를 잡으리라' 생각하고 뒤를 밟았지. 여자는 한참을 내려가더니 어느 동네로 들어가는데, 바로 장사네 동네인 거야. 여자가 어느 집으로 들어가자 주인 할머니가 반갑게 맞이했지.

"아이구, 우리 딸 왔니? 그래, 얘가 이번에 너가 낳았다는 내 손주냐?"

"예, 어머니 그간 안녕허시요?"

장사가 얼른 그 집으로 들어가서 할머니에게 말했어.

"할머니, 저게 할먼네 딸이 아니라 저 머리깎이골에 사는 여수요, 여수. 저 아기는 사램이 아니라 짚신짝이요."

할머니는 노발대발했어. 멀쩡한 딸보고 여우라니 왜 안 그렇겠어. 장사는 확인해 주겠다며 부엌에 가서 칼을 들고 와 어린아기의 배를 푹 찔렀어. 그러자 피가 좌르르르 흐르고 어린아기는 '깩' 하고 죽었지. 이 힘 센 장사가 살인을 하고 만 거야.

이때 언제 왔는지 송낙 쓴 스님이 목탁을 두드리며 문 앞에서 염불을 하고 있었어. 할머니가 스님을 불렀지.

"아이구 대사님, 동냥이구 뭐구 싸게[빨리] 들어와서 이것 좀 해결해 주쇼."

들어와서 사정 이야기를 다 들은 스님은 고집 센 장사보고 말했어.

"어허, 어쩌다 이런 일을 저지르셨소? 당신이 사죄를 하려면 머리 깎고 나와 같이 입산수도하는 수밖에 없소."

사람을 죽였으니 장사는 스님이 하자는 대로 할 수밖에. 스님은 장사의 상투를 풀고 물로 축여 뱅 돌려가며 머리카락을 깎았어. 마지막으로 정수리의 머리카락이 똑 떨어졌을 때 장사는 알았지. 바로 이곳이 여우가 짚신을 넣었다 뺐다 했던 그 옹달샘이란 걸. 이 사람 역시 여우한테 홀려서 머리를 깎고 만 거지. _ 부여군 구룡면

7-6. 메추라기 꼬리는 왜 짧을까

추운 겨울이 되니 산속에 먹을 것이 다 떨어졌지. 배고픈 메추라기가 먹이를 구하러 여기저기 돌아다니다 꿩서방이 콩을 잔뜩 들고 먹고 있는 걸 보았어.

메추라기가 물었지.

"아이구, 아저씨는 워디서 그렇게 콩이 많이 났대유? 지두 좀 주세유."

"에이, 나두 지금 먹을 것이 없어 빌려다 먹네. 워서어디서 이걸 거져 준다나!"

"워디서 빌려왔시유?"

"저 건너 둑에 가 보면 밑구녕에 쥐가 살어. 그 쥐한테 가서 그냥 달라구 하면 안 줘. 서鼠서방 서서방 하고 부르고, 나오면은 이제 잘 해달라구 해야 주지 그냥 달라구 하면 안 줘."

메추라기는 속으로 생각했어.

'첫, 쥐 주제에 무슨 서서방이라고?'

그래도 배가 고프니 메추라기는 쥐를 찾아갔지.

"쥐야, 쥐야."

그러자 도토리깍정이 신고, 상수리 곰방대 물고, 탕관을 쓴 쥐가 나왔어.

"네 이놈. 산에서 사는 꿩서방두 나보고 서서방 서서방 하는디, 네까짓 게 뭔디 나보구 쥐라구 하느냐?"

하며 쥐가 메추라기의 꽁무니를 물고 냅다 내려치니 메추라기 꽁지 깃털이 모두 빠졌지. 그때부터 메추라기 꼬리가 짧아진 거래. _ 당진군 석문면

7-7. 방아깨비 이마는 왜 벗겨졌을까

당진에서 전해 오는 이야기야. 어느 더운 여름날 개미와 물새, 방아깨비가 높은 산을 올라가게 되었어. 산꼭대기까지 올라가 땀을 식히고 나니 배가 고파 왔지. 셋이 가위바위보를 해서 지는 놈이 먹을 것을 찾아오기로 했어. 서로 좋다고 하고 가위바위보를 했는데 개미가 졌어. 개미가 제일 먼저 먹이를 찾아 나섰지.

개미가 높은 곳에 올라 아래를 내려다보니, 밥을 이고 가는 아낙네가 보이는 거야. 개미가 아낙네의 다리를 살살 올라가 허벅지를 꽉 깨물었지. 깜짝 놀란 아낙네는 벌러덩 자빠지고 말았어. 그 바람에 머리에 이고 가던 밥과 반찬이 흙 범벅이 되고 말았지. 이러니 어떡하겠어. 아낙네는 새로 밥을 지으려고 그냥 그릇만 챙겨갔지. 개미가 물새와 방아깨비를 불렀어.

"여기 먹을 거 많이 있으니께 어여 와!"

물새와 방아깨비는 후루룩 몰려 와서 배를 툭툭 두드려 가며 실컷 먹었지.

밥을 잔뜩 먹고 다시 산에 오르니 솔솔 잠이 왔어. 셋이 나무 그늘에서 실컷 자고 일어나니 이튿날 정오야. 또 배가 고파 왔지. 개미가 말했어.

"어제는 내가 구해 왔으니, 오늘은 너희 둘이 가위바위보를 해서 먹을 것을 구해 와라."

이번엔 방아깨비가 졌어. 방아깨비가 먹을 것을 찾으러 바닷가 갯벌을 슬슬 기어가고 있었지. 갯벌에 나와 있던 물고기가 방아깨비를 보았어. 물고기는 '저놈을 잡아먹으면 배부르겠다' 싶어 물속으로 살살 가서 방아깨비를 훌떡 잡아먹었어. 방아깨비가 물고기 뱃속에 들어가니 갑갑해 죽을 맛이야. 밖으로 나오려고 방아깨비가 요동을 치니 물고기는 배가 아파 참을 수가 있어야지. 물속을 들어갔다 나왔다 하면서 난리가 났어.

개미와 물새가 아무리 기다려도 먹을 것이 오나. 기다리다 지친 개미가 물새에게 말했어.

"야, 이번엔 니가 가봐라."

물새가 후루룩 날아서 바닷가에 가보니 방아깨비는 보이지 않고 물고기 한 마리가 물속에서 들어갔다 나왔다 요동을 치고 있는 거야. 물새는 물고기가 물 밖으로 나올 때 꽉 물고 후루룩 날아왔지.

"야, 먹을 것 잡아왔다. 근데 방아깨비는 보이지 않더라. 너하고 나하고 둘이서 실컷 먹게 생겼다."

물새가 주둥이로 물고기 배를 가르니, 방아깨비가 쑥 나왔어. 둘은 깜짝 놀랐지. 방아깨비가 말했어.

"먹을 거 구해 왔다. 식기 전에 먹으라."

이때 방아깨비는 뱃속에서 나오면서 이마를 쓱 쓰다듬었어. 그래서 방아깨비 이마는 훌러덩 벗겨졌대. 개미는 방아깨비가 뱃속에서 나오면서 식기 전에 먹으라는 말이 너무 웃겨서 배를 쥐고 웃다가 허리가 아주 잘록해졌대. 물새는 물고기 잡느라고 주둥이가 길쭉해지고 말이야. _ 당진군 고대면

7-8. 토끼 꽁지는 왜 짧을까

제주 한라산에 수달이 살았어. 대한大寒 추위에 무척 춥고 먹을 것도 구할 수 없었지. 수달은 먹이를 찾아 금강산을 찾아갔어. 수달이 금강산 일만 이천 봉 상상봉에 올랐지. 산 아래를 썩 내려다보니 호랑이 한 마리가 슬슬 올라오는 거야. 꼼짝없이 잡아먹히겠거든. 수달은 생각했지. '이리 죽으나 저리 죽으나, 세 살에 죽으나 여든에 죽으나, 한 번 죽긴 마찬가지렸다. 내 죽기 전에 힘이나 한번 써 볼까?'

수달이 큰 소리로 "호랭아!" 하고 불렀지. 호랑이가 쳐다보니 난생 처음 보는 놈이라, "뭐?" 한다는 것이 "예" 하고 대답했단 말이야.

"네 할애비 적에 호피 돈 삼백 냥 가져가더니 너 하나 올라오는 걸로 될까?"

호랑이란 놈이 가만히 생각해 보니 영영 죽게 생겼어. 제 할

아버지 적에 호피 돈을 썼는지는 알진 못해도 슬슬 뒷걸음쳐 내려왔지.

호랑이란 놈은 본래 의심이 많은 동물이야. 제 굴에 들어갈 때도 꽁무니부터 디밀고 들어가지, 머리부터 들어가는 법이 없어. 그렇게 뒷걸음쳐 내려가다 천 년 묵은 덤불에서 만 년 묵은 토끼랑 부딪쳤지.

"아이구, 아저씨. 어디 갔다 오세유?"

"아이구, 아저씬지 할애빈지 아무 경황이 없다."

"왜 그러세유?"

"저 산 꼭대기에서 조그마한 짐승 한 마리가 내려다보고 있더라. 그놈 하는 말이 '니 할애비 적에 호피 돈 삼백 냥 가져가더니 네 몸 하나 오는 걸로 될까' 그라더라. 그래서 슬슬 피해 내려오는 길이다."

토끼란 놈이 호랑이 말에 대꾸했지.

"아이구 아저씨, 그눔 별 거 아녀유. 그눔은 제주 한라산서 건너온 수달인디 언제나 발바닥만 핥아 먹고 사는 짐승이지유. 지랑 같이 올라가 볼까유?"

"아이구, 니나 가면 갔지 나는 절대 가고 싶은 맴마음이 없다."

"아저씨가 의심 많은 줄은 내 익히 알고 있쥬. 이렇게 하는 것은 어떨까유? 아저씨 꼬리를 내 꽁지에 맞매구서, 내가 앞서 갈 테니 아저씰랑 뒤따라 오시오."

호랑이란 놈이 듣고 보니 그럴듯하거든. 호랑이는 꼬리를 토끼 꽁무니에 맞매고서 뒷걸음질로 슬슬 따라갔지. 산 위에서 이를 본 수달은 생각했어.

'산짐승 중에 제일 약은 것이 토깽이라더니, 저놈 꼬임에 나는 영영 죽겠구나. 사람이나 짐승이나 햇묵은 몇 번 써 봐야 한다고. 한번 더 힘 써 볼까나!'

"토깡아!" 하고 부르니 토끼란 놈이,

"뭐?" 한다는 것이 "예" 하고 대답했단 말이야.

"니 할애비 적에 호피 돈 삼백 냥 가져가더니, 호랭이 하나 꽁지에 달고 오는 걸로 될까?"

뒤따라 오던 호랑이가 이 말을 듣고 보니, 토끼란 놈이 제 할아버지 호피 돈 갚으려고 자기를 데리고 가는 거거든.

"아이쿠, 이대로 있단 꼼짝없이 죽겠구나. 얼른 도망가자."

호랑이는 꼬리에 토끼가 달려 있는 것도 잊고 냅다 달리기 시작했지. 이 산 저 산 훌쩍훌쩍 뛰어넘어 의주 압록강에 도착했어. 이 강만 뛰어넘으면 넓은 만주 벌판이야. 호랑이가 만주 벌판을 향해 힘껏 뛰어올랐지. 그러자 더는 버티지 못하고 토끼 꽁지가 똑 잘려 나가 버렸어. 그 뒤로 호랑이 꼬리는 토끼 꽁지가 붙어 얼룩얼룩 기다래졌고, 토끼 꽁지는 짤막해졌대. _ 당진군 당진읍

7-9. 지렁이에게 띠가 생기고, 가재에게 눈이 생긴 이유

옛날에 가재는 띠가 있고 눈이 없었어. 지렁이는 눈은 있고 띠가 없었지. 가재는 약고 지렁이는 미련했어. 하루는 지렁이가 가재에게 말했지.

"가재야, 너허구 나허구 눈이랑 띠랑 좀 바꿔 보자. 잠깐 눈을 띠면 어떻겠냐?"

그러니 가재가 좋다고 했지. 지렁이는 눈을 떼서 가재에게 줬어. 가재는 띠를 벗어서 지렁이에게 주고. 가재란 녀석이 눈을 받고 보니 세상이 훤히 보이고 너무 좋거든. 그러니 지렁이에게 눈을 돌려주고 싶겠어? 지렁이는 가재가 눈을 돌려주지 않아 너무나 아쉬워서 '애드르르' 우는 거래. 그때부터 가재는 톡 튀어나온 눈을 가졌고, 지렁이는 띠를 가지게 되었다지? _ 부여군 내산면

7-10. 광어 눈은 왜 돌아갔을까

아득한 옛날 보령 합덕 방죽에 아흔아홉 살 먹은 메기 한 마리가 살았어. 어느 날 저녁 메기가 꿈을 꾸었지.

'임금을 물은 듯이, 금줄을 탄 듯이,

천당을 올라갔다 지하로 뚝 떨어진 듯이,

열 놈이 움켜 쥔 듯이, 통천관을 쓴 듯이,

번개 칼에 맞은 듯이, 음지 양지 쬔 듯이,

용상에 올라갔다 남대문으로 들어간 듯이,

시구문으로 쏙 빠진 듯이, 털 감투를 쓴 듯이.'

메기가 꿈에서 깨어 생각해 보니 통쾌하거든.

"내가 태어난 이래 구십구 년을 살았어두 이런 꿈은 꿔 본 적이 없는디. 참! 이거 희한허구나. 가만히 있을 게 아니라 해몽을 한번 해봐야겄다."

옆 마을에 사는 광어는 점도 잘 치고 해몽도 잘하기로 유명했지. 메기는 노자를 준비해서 광어를 찾아갔어.

"광어 선생님, 지는 합덕 방죽에 사는 메깁니다. 간밤에 꿈을 꿨는디, 하아두 꿈자리가 사나워서 왔습니다."

"그려? 꿈을 워트게 꿨느냐?"

"이러저러 저러이러한 꿈을 꿨습니다."

광어가 꿈 이야기를 듣고 나자 무릎을 탁 치며 말했어.

"하하, 그려? 그 꿈 참 좋다. 너 내일모레면 용 돼서 하늘로 올라가겄구나. 오늘 잔치나 해야겄다."

이 말을 들은 메기는 흥에 겨워 너울너울 춤을 추며 집으로 돌아왔지. 그러고는 있는 것 없는 것 다 장만해서 잔치를 벌였어. 메기는 푸짐하게 차려 골고루 나눠 먹고 용이 될 꿈에 부풀어 있었지.

잔치가 끝나갈 무렵 새우 떼들이 한 줄로 쭉 들어오며 메기를 불렀어.

"메기야, 메기야!"

메기가 가만 보니 같잖은 녀석들이거든.

"예끼 눔들! 여기 뭣허러 들어오느냐?"

"흥! 메기 너가 죽을 때가 되어 넘을 괄세하는구나! 그 꿈은 내일이면 니가 죽는 꿈이다."

"뭐라? 광어는 하늘로 올라간다고 해몽했는디?"

"틀렸어!"

"그럼 니가 한번 해몽해 보거라."

"임금을 물은 듯이 금줄을 탄 듯이 한 것은 낚싯대를 물어 줄에 매달린 것이고, 천당을 올라갔다 지하로 뚝 떨어진 것은 낚싯줄 타고 하늘로 올랐다 땅에 내동댕이쳐진 것이다. 열 놈이 움켜쥔 듯이 통천관을 쓴 듯이 한 것은 너를 두 손으로 덥석 잡아 대바구니에 담은 것이고, 번개 칼을 맞은 듯이 한 것은 식칼에 베어 몸이 잘린 것이다. 음지 양지 쬔 듯이 한 것은 너를 뒤집으며 불에 구운 것이고, 용상은 밥상이고 남대문은 입이다. 시구문은 똥구멍으로 나온 것이다. 마지막으로 털 감투를 쓴 건 똥개가 너를 먹은 것이다. 승천은 무슨 승천!"

이 말을 들은 메기는 화가 나서 몽둥이를 들고 광어를 찾아갔어.

"광어야! 광어야!"

"너, 이눔! 무슨 이런 막말을 하느냐?"

"뭐, 어째? 내가 용이 된다고?"

메기가 몽둥이로 광어 뺨을 어찌나 두들겨 팼는지 눈, 코, 입이 한쪽으로 획 돌아가 버렸대. 그래서 광어 눈이 그 모양이 된 거야. 화가 난 광어가 벌떡 일어나 메기 수염을 잡고서는 바짝 깔고 앉아 버렸지. 그랬더니 메기 주둥이가 납작해졌대. 옆에서 이 싸움을 보던 새우는 배를 움켜잡고 웃다가 배가 바짝 꼬부라졌다지. 가재와 게는 이 모습을 보고 덜컥 겁을 먹었어. 게는 이리저리 왔다갔다 갈 지 자를 그리며 옆걸음 치고, 가재는 뒷걸음을 쳐서 도망갔대. 그래서 게는 옆으로 걷고, 가재는 바위가 있건 없건 뒷걸음만 치게 되었대. _ 보령군 웅천면 / 당진군 당진읍

7-11. 돼지는 왜 꿀꿀거릴까

어느 날 여우가 산에 가 보니 청실배가 주렁주렁 열려 있어. 하지만 나무가 너무 높아 따 먹을 수가 있어야지. 여우는 마을로 내려와 돼지 아저씨를 찾아갔어.

"아자씨, 저 앞산에 가니깨시리 청실배가 드레드레허데유많이 매달려 있거나 길게 드리워진 상태. 우리 따 먹으러 가유."

"그람 그러자."

돼지가 산에 올라 주둥이로 나무를 퍽퍽 들이받으니 배가 후두두 떨어졌지. 돼지는 여우가 먹을 새도 없이 모두 먹어 버렸어. 여우가 가만히 보니 돼지가 괘씸하거든. '내 저 돼지를 골탕 먹여야겠구나' 생각했지. 며칠 후 여우는 또 돼지를 찾아갔어.

"아자씨, 저 뒷산에 가니깨시리 벌통이 있대유. 거기루 꿀 먹으러 가유."

"그람 그러자."

돼지는 여우를 따라갔어. 벌통 앞에 다다르자 여우가 말했지.

"아자씨, 이 꿀은 그냥 못 먹어유. 인절미를 찍으야 먹지. 그렁깨 내가 저기 동네에 내려가 인절미를 얻어올 테니 아자씰랑 기다리고 계셔유."

"그람 그래라."

마을로 내려가는 척하던 여우는 솔푸덕 밑에 숨어 지켜보았어. 혼자 남은 돼지는 두리번두리번 주위를 둘러보곤 씩 웃었지.

"여우 오기 전에 내가 먼저 먹으야겄다."

돼지가 주둥이를 벌통에 푹 집어넣었어. 난리가 났어. 벌들이 달려들어 쏘아대기 시작했어. 주둥이뿐만 아니라 온몸에 벌침이 박혔지. 돼지는 정신없이 들로 달렸어. 그러다 그만 함정에 빠지고 말았어. 벼가 익어 갈 때쯤 되면 멧돼지들이 들판으로 내려와 벼를 모두 훑어 먹었어. 그래서 마을 사람들은 멧돼지를 잡으려고 논 한가운데 함정을 파 놓곤 했지. 그런데 돼지가 제 발로 걸어 들어왔으니 마을 사람들은 얼마나 좋았겠어. 사람들이 몰려와 돼지를 잡아먹었지.

돼지 비계가 많은 건 청실배를 너무 많이 따 먹어서 그런 것이고, 돼지가 거뭇거뭇한 것은 벌침이 박혀서 그런 거래. 밥 달라 꿀꿀거리는 것은 꿀 먹다가 함정에 빠졌다고 꿀꿀꿀 거리는 거래. _ 부여군 내산면

7-12. 토끼·늑대·거북이, 내가 제일 잘나가

토끼하고 늑대하고 거북이 셋이 길을 가다 큰 고깃덩어리 하나를 발견했어. 셋이서 나눠 먹으면 좋으련만 그 순간 모두 혼자 먹으려는 욕심이 생겼지. 꾀 많은 토끼가 말했어.

"우리 중 제일 높은 데 올라가는 놈이 이걸 다 먹기로 하자!"

토끼는 높은 산을 향해 달리며 말했어.

"나는 저 산까지 올라간다."

그러자 늑대는 그 자리에서 폴짝폴짝 뛰더니 말했어.

"내 등허리가 하늘에 닿았다."

늑대는 그만큼 올라갔다고 자랑을 했지.

거북은 가만히 듣고 있다 말했어.

"니 등허리가 하늘에 닿았다고?"

"응, 틀림없이 닿았어."

그러자 거북이가 발랑 뒤집어지면서 말했어.

"니 등허리 닿은 데가 내 배때기다."

그러니 거북이가 이겼지.

고기가 먹고 싶은 토끼는 다른 꾀를 또 내었어.

"이번에는 우리 중 나이가 가장 많은 놈이 먹기로 하자!"

토끼는 덮어놓고 천 살이라고 주장했지.

"난 천 살 먹었어."

이 말을 듣고 늑대가 말했어.

"나는 이 세상이 처음 생겨날 때 같이 생겨났지."

옆에 있던 거북은 눈물을 뚝뚝 떨어뜨리며 말했어.

"너를 보니 죽은 내 손자 생각이 나는구나. 너 태어날 적에 손자가 죽었거든."

결국 거북이가 이겼대. _ 부여군 은산면